JN093424
女と男の
恋する
日本史講談
神田蘭
辰巳出版

はじめに

今から11年ほど前に『恋する日本史講談』（ぶんか社）という本を出版いたしました。その頃は講談師になって7年目。前座修行を終え二つ目になったばかりで、まだこれからという時でした。そんな講談師としてキャリアの浅いわたしが、なぜ本を出すことになったのか……。当時「婚活」という言葉が生まれ、その流行に乗り、婚活講談なるものを作っておりました。それが新聞やテレビにちょっと取り上げられ、「歴史の大恋愛話を書きませんか？」と声を掛けられたからなんです。なにがキッカケになるか分からないなと、つくづく思いましたね。

そしてこのたび11年の時を経て本書を出版することになりました!!　今回はなにがキッカケかと申しますと、以前出した本だったんですよ!!　声を掛けてくださいました担当編集の方が、なんとわたしのＪＦＮラジオのレギュラー番組「恋する日本史」のヘビーリスナーで、以前出した本の大ファンでもあったそうで、「続編を読みたいので、是非ウチから出してください!!」と熱烈ラブコールを送ってきたのよ（かなり盛ってますが……テヘッ）。世の中には、ありがたくも奇特な人がいるなと思いましたね……。

今作では飛鳥～鎌倉・戦国～江戸・明治～昭和と時代を分け、13人の女性を取り上げました。

うち12人が日本の女性で、番外編としてフランスの女性で世界に知らぬ人がいない、あのココ・シャネルが最後を飾ります。

この本を作るにあたり心の支えになったのは「歴史はイマジネーション」という言葉。全編わたしが書いたお話ですが、事実6割・思い込み3割・嘘1割。対するラジオは事実3割・思い込み6割・嘘1割ですから、ラジオより事実を多めにお届けしています!! 講談は400年以上前に生まれたもので、あくまで史実をもとにしたフィクション、つまり荒唐無稽なエンターテインメント物語と言っても過言ではないでしょう。

2020年から始まったコロナ禍で閉塞感に包まれ、なかなか先が見えない世の中ではありますが、この本を読んでくださった方に刹那の夢を見ていただけたら嬉しいです。そして、この話をわたしに書かせてくれた13人の先人女性たちに、心から感謝を申し上げます。

神田蘭

目次

第1章 飛鳥～鎌倉時代

第2章

戦国～江戸時代

第3章

明治〜昭和時代・番外編

第1章

飛鳥～鎌倉時代

飛鳥に生きた恋多き歌姫

生年－不詳
没年－不詳

日本書紀にも記載のある飛鳥時代の天才的な宮廷歌人で、万葉集にも多くの歌を残している。絶世の美女という説があり、若き頃から恋多き女性だったと言われている

天皇からのスカウト

額田王と言えば、日本最古の歌集『万葉集』の中において、ひときわ輝きを放つスーパー歌人でございます。スーパー歌人とはトップアイドルと大人気シンガーソングライターをミックスさせたような存在。エンターテインメントが少なかった当時においては、まさに国民的大スターであったと言えるでしょう。

この額田王が生きた飛鳥時代と言うのは、女性の社会進出が進んだ時代でございました。何人かの女帝も誕生していますし、文化・芸術においても大活躍しています。また、この本のテーマ「女と男」の関係においても、かなり自由だったようで……。現代は一夫一婦制で、著名人が不倫でもしようものならマスコミが総力を挙げて袋叩きの時代ですが、当時はかなりおおらかだったようです。

そんな飛鳥時代の申し子のような額田王。飛ぶ鳥と書いて「飛鳥」。その名の通り己の才能と魅力をフルに発揮し、この時代を羽ばたいたのでありました。この額田王の父親は皇族・鏡王と言われ、大和国・額田郷（諸説あり）ですくすくと育ち、やがて才色兼備な魅力ある女性へと成長いたします。この噂が時の女帝・斉明天皇の耳に入りスカウトされ、宮仕えするようになったのでありました。この斉明天皇には2人の息子がおりまして、長男が中大兄皇子、のちの天智天皇。

次男が大海人皇子、のちの天武天皇でございます。

中大兄皇子と言えば乙巳の変でもって、横暴な振る舞いで世の中を乱しておりました蘇我氏を討ち、大化の改新を行った剛腕でございます。「英雄色を好む」の言葉通り、たくさん女性はおりましたが、天皇中心の国を造るため、側近の中臣鎌足と共に忙しい日々を送っておりました。

一方、弟の大海人皇子は、まだ政治の中心にはいなかったようで、興味の対象はもっぱら女の子。

ある日のこと。美しく歌の才能もあると宮中で評判の額田に、さっそく声を掛けたのです。


「君が噂の額田王？　へー、噂通りめっちゃかわいい娘だね」

「うふ、ありがとうございます」


「わたしなんて」と謙遜しないのが、額田のいいところ。


「それに君は歌も上手いって聞いたぜ？」

「上手いというか、好きなだけですわ」

「僕はとんと歌が詠めないんだ。ねえ、僕に歌を教えておくれよ。いいだろう？」

「わたしでよければ」

「ホントかい？　超嬉しいぜ!!　じゃあ仕事が終わったら来てくれ。待ってるぜ!!」

と言うと大海人は弾ける笑顔で走り去っていく。後ろ姿を見送りました額田。

「うふ、正直な人ね。まるで少年のような人。カ・ワ・イ・イ……♡」

男から言い寄られるのに慣れていた額田。そして額田もおおらかに男を受け入れちゃうタイプだったようで、さっそく歌のレッスンが始まったのです。

「ねえ、これから『ぬかたん』って呼んでいいかな？

俺、一生懸命作った歌があるんだ。聞いてくれる？」

『よき人の　よしとよく見て　よしと言ひし
吉野よく見よ　よき人よく見つ』

「どう？　いいでしょう？」

「座布団3枚没収!!　イマイチならぬイマサンよ。ダジャレがすぎます!!」

「え〜、自信作なんだけどな〜。歌には厳しいな、ぬかたん」

「大海人様、言の葉には魂が宿ると申します。言の霊と書いて言霊（ことだま）」

「言霊？」

「ええ、どんな想いも言葉に乗せて口にすることで、願いを叶える力を放つのですよ」

と優しく微笑む額田。その麗しい瞳にグラッとくる大海人。

「どんな想いも言の葉に乗せて口にすれば、願いは叶うのかい？」

と言いながら額田に攻め寄る大海人。


それを潤んだ瞳で受け入れる額田。お互いの瞳と瞳が絡み合い――

「ええ…そうですわ」

「ぬかたん……君が好きだ。君が……ほ、ほ、ほ、欲しい!!」

ガバッと額田を抱き寄せる大海人!!


「あぁわたしも、わたしもですわ！　大海人様……いや、あまたん。あ〜れ〜〜〜」

床へと雪崩れ落ちる2人。激しくもおおらかに愛し合ったのでありました。

こうして蜜月が続いた2人の間に、愛の結晶とも言える女の子、十市皇女（とおちのひめみこ）が生まれました。そしてめでたく結婚し、額田は后（きさき）の座に就いたのであります。めでたしめでたし!!　……とはどうやらいかなかったようで、額田は大海人を愛し、子どもを愛しておりましたが、后になる道を選ばなかったのです。

「ぬかたん、子どももできたっていうのに、なんで俺の后にならないんだよ……」

「わたし、あなたを愛してる。子どもだって愛してる。……でも、まだ歌を歌っていたいのよ」

「ぬかたん、后になったって歌は詠めるだろう?」

「うん。でもわたし、家庭に縛られたくないのよ」

「ハア……、たしかに君には歌の才能がある……。そこまで言うなら分かったよ。歌を続けてくれ。その代わり、ずっと僕の女でいてくれ」

「えっ……あまたん!　歌を続けてもいいのね?　ありがとう!!　あまたんのことだ〜い好き」

と言うと、チュッチュッチュッチュッチュッとキッスの嵐。

「あぁもう、ぬかたん激しいんだからも〜う……もうたまらない!!」

大海人は額田をガシッと抱きしめ、床へと雪崩れ込んだのであります。

うら若い2人の欲情は、とどまる所を知りませんでした。

世紀の大トレード

2人がおおらかに愛欲に溺れているその頃、中大兄皇子と側近の中臣鎌足は新しい国造りを目指す中で、国をまとめ人々からの信頼と人気を集めるため、民衆に自分たちをより良くアピールしてくれるスポークスマンが必要だと考えました。現代で言うとSNSで情報発信をし、世間に大きな影響を与えるインフルエンサー的な人でしょうか。はたまた旧トランプ政権時のケイリー・マケナニー報道官みたいな、華があって学があって影響力がある人でしょうか。そこで白羽の矢が立ったのが、斉明天皇に歌の才能を認められておりました額田王だったのです。

さっそく中大兄皇子は大海人皇子を呼びつけ、

「折り入ってお前に話がある」

「兄上、なんでございましょう?」

「ズバリ、額田が欲しい」

「え、今なんて?」

「額田が欲しい」

「なっ?　え……目方（体重）が欲しい?」

「アホ、額田だ。まぁ驚くのも無理はない。新しい国造りのため、どうしても額田が必要なのだ。しかし、ただでくれとは言わん。額田の代わりにワシの2人の娘、大田皇女（おおたのひめひこ）と鸕野讃良皇女（うののさららのひめみこ）をお前にやる。額田より若くてピチピチしておるぞ～。お前も若いおなごが好きだろう?」

「あの……そ、そ、そ、そういう問題じゃ……」

「分かっておる!!　イヤか?」

ここで「はい、イヤです」とでも言おうものなら、どうなるか分かりゃ〜しません。

そりゃ〜そうでしょう。今まで政（まつりごと）の邪魔になる奴はことごとく殺してきた男なんですから。

「いえ、とんでもないことでございます。新しい国家のために必要とあらば、額田も喜ぶでしょう。

お受けいたします」


こうして、泣く泣くトレードを承知してしまった大海人皇子。

大好きな額田に伝えなくてはなりません。

「あの……ぬかたん。実は…かくかくしかじか、これこれこうで、こうなんだ」

と一気に打ち明けた。

「え……な、な、なんですって!?」

「ごめん、分かってくれぬかたん。新しい国造りのためなんだ。そ、それに兄はこの国の最高権力者だよ。その愛を受けられるんだから大出世だよ。ねえ、ぬかたん」

「あまたん……あなたはそれでいいの？」

「ホントは……ホントはイヤだよ。だけど、あの兄さんに逆らったら俺、殺されるかもしれないじゃないか……。うぅ、仕方ないんだよ」

「そうね。あまたんが殺されるなんて、わたしイヤよ。分かったわ」

「ぬかたん……ぬかたん、すまない。今日、僕たち最後の夜だね」

「そんな……あまたん、寂しい」

「ぬかたん」

「あまたん」

「ぬかたん」

「あまたん」

「ぬかたん」

「あまたん……あ〜れ〜〜〜」

と2人は床へと雪崩れ落ち、愛おしくも狂おしい最後の情事を楽しんだのでありました。


こうして宮廷の大トレードで額田は中大兄皇子のもとへと行ったのでした。


「浮かぬ顔をしているのぅ額田。お前はワシのことが嫌いか?」

「正直、あまり好きではありません」

「ハッハッ、正直なおなごよのぅ……いいであろう。そのうちワシのことを好きになる」

「そうかしら」

「そうだ、歌を作ったのだが聞いてくれぬか？　これはどうじゃ」

『香久山(かぐやま)は　畝傍(うねび)をしと　耳梨(みみなし)と　相(あひ)あらそひき　神世(かみよ)より
かくにあるらし　古昔(いにしえ)も　然(しか)にあれこそ　うつせみも　嬬(つま)を　あらそふらしき』

「ハッハッ、どうじゃ？」

これは「香久山は畝傍山を取られるのが惜しいと耳梨山と争いました。ずっと昔からそうだったらしい。だから今の世の人も、妻を取り合って争うのだろう」という意味なんだそうです。

（なによ……この男、やりたい放題し放題だけど……う～ん、この歌結構ウマい!!）

「ワシはお前をただの后として迎えたのではない。若くてキレイな女なら、ほかにいくらでもおる。お前には歌の才能がある。お前の才能を1人の男の物として埋もらせておくのは勿体ない。このワシなら、お前の才能を活かしてやることができる。

その歌の才能をワシの国造りのために発揮してほしいのだ」

「…国造りのために……」

真のビジネスパートナーへ

そうこうするうち、額田の才能を発揮する時がやってきます。時は660年。日本の同盟国でもありました百済（くだら）が、唐と新羅（しらぎ）の連合軍に攻められ壊滅状態に。窮地に陥った百済は、日本へ援軍を求めてきたのです。

「どうしたものか……連合軍が相手となると、我が国の力ではとても敵うまい。しかし百済を見捨てるわけにはいかない。朝廷内には百済への援軍派遣に反対する者もいる。しかし母・斉明天皇は朝鮮出兵を決めた。そこでだ。反対派を納得させるためにも、お前の言霊で戦う兵士たちに最高の歌を捧げてくれ」

「わたしにそんな大役ができるかしら」

「お前ならきっとできる。いや、お前しかできんのだ!!」

「分かりました」

こうして斉明天皇をはじめ、中大兄皇子・額田たちは、自ら大軍を率いまして九州へと進軍。その中継地でありました四国の熟田津（にきたつ）の港へと向かったのです。

港に着きますと出立を待つ兵士たちがたくさん集められておりました。

「これから行く百済ってどんなところなんだろうな〜」

「きっと、くだらないところなんじゃねーか……」

「バカ、ダジャレ言ってる場合かよ……お上の命とはいえ行きたかねぇよ」

「そうだよなぁ〜。船で航海なんかしたら、ホントに後悔するよなぁ……」

「バカ、さっきからくだらないこと言ってんじゃねーよ」

「え〜、だって相手は唐とかいう大きい国だぜ？　俺たち死にに行くようなもんだぞ……俺、死にたかねーよ」

「うう……俺も死にたかねぇ〜」

と兵士たちはブツブツと不安や不満を口にしております。

そりゃあそうでしょう。遠い異国の地で大国相手に戦う。生きて再び日本に帰って来られるか分からないんですから。

恐れおののき蒼白となっている兵士たちの顔を見た中大兄皇子は

「額田、今こそお前の言霊の出番だ!!　準備はよいか？」

「はい」

「よし。それではみなの者、儀式の準備を」

「ははっ」

すると大勢の兵士たちが見守っている中、静かに前へ立ち出でました額田が、天を見上げ朗々と歌いはじめたのです。

『熟田津に　船乗りせむと　月待てば
潮もかなひぬ　今は漕ぎ出でな』

これは「熟田津で船に乗ろうと月が出るのを待っていると、潮の流れもちょうど良くなった。さあ今から漕ぎ出そう」という意味みたいです。

その声、言葉、言霊に心を掴まれた兵士たちは、

「オォ――――――――ッ!!」と大歓声を上げたのでした。

「そうだ、この歌の勢いに乗って行くんだ!!　今だ!!　今がその時だ――――!!」

「オォ――――ッ!!」

「潮もかなひぬ　今は漕ぎ出でな～」

「オォ――――ッ!!」

「今は漕ぎ出でな～」

「オォ――――ッ!!」

「今は漕ぎ出でな～」

「オォ――――ッ!!」

すると、どうでしょう。雲に覆われておりました空に一筋の光が差し、たちまちのうちに晴れわたったのであります。

「雲が晴れたぞ」

「これはいい兆しだ」

「俺たち、勝つぞ――――!!」

ある意味、壮大な洗脳と言いましょうか。額田は己の言霊でもって、兵士たちの心を鼓舞したのであります。いや～、アッパレ！　これは選ばれた者にしかできないことでございましょう。今で言えば国民的大スターが前に出てきて旅立ちの歌や軍歌を歌って、観客が拳を振り上げて一緒に合唱するような、そういう感じでございましょうか。

こうして兵士たちの心を一つにまとめあげ、無事に朝鮮出兵を果たしたのでありました。大仕事を成し遂げ呆然としております額田のもとへ、中大兄皇子がやってまいります。

「額田、素晴らしい歌であった。国のため、本当によくやってくれた。ありがとう」

「いえ。ただ、ただ無我夢中で……」

これが2人の初めての大きな共同作業。それを成し遂げた安心感でしょうか。優しく見つめ合う。こうして2人はお互いを必要とし合う、真のビジネスパートナーとなったのでありました。

かくして百済に向け無事に船出をしたんですが、斉明天皇は朝倉宮（現・福岡県の朝倉市）にて病に倒れそのまま崩御。指針を失った軍は663年、白村江の戦いで大敗を喫してしまったのです。失意の中大兄皇子に嘆いている暇はなく、国防のため太宰府に防御施設を造り都を飛鳥から近江へと移したのでありました。そして近江大津宮にて中大兄皇子は、天智天皇として即位。新しい国造りのため、ますます精力的に活動していきます。

また、額田も天智天皇のそばに仕え、愛を得て、宮廷歌人としてその才能の花を咲かせていくのでありました。自分の才能を認めてくれ、活躍の場を与えてくれる。しかも相手は天皇で仕事のできる男となれば、そりゃあ額田の女心が吸い寄せられるのも当然でして――

「そのうちワシのことを好きになる。
あの人の言霊通り、わたし天皇のことを好きになっちゃったみたい……」

彼女はこんな歌を詠んでおります。
『君待つと　わが恋ひをれば　わが屋戸の簾動かし　秋の風吹く』

これは相聞歌という恋の歌で、「天皇を恋しく待っていると家の簾が動いたので、あっ来たわと思ったら秋風が吹いただけだった。早く来てくれないかしら」という意味だそうです。
まあ、今で言いますところの求愛ラブバラードでしょうか。なんともいじらしい女心を歌っております。しかし額田は天智天皇の妻ではありましたが、皇后にはならなかったんです。歌を作り歌う中で、すべてのものは移ろいゆくもの……という世の理を感じていたからかもしれません。自分の感情・気持ちすらをも。だから額田は縛られることを嫌い、その時その時に愛しいものを愛したのかもしれません……。

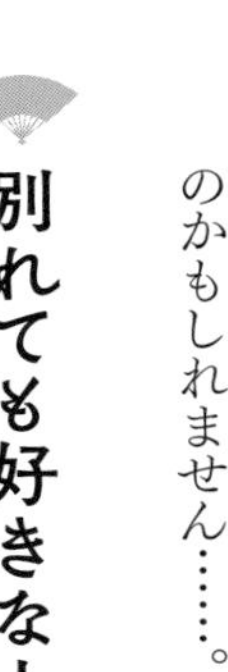

別れても好きな人

それから数年後。天智天皇主催の狩りが行われた日の夜、宴席が開かれたのでございました。そこにはもちろん天皇の弟である前夫の大海人皇子も参加しており、額田と久々の再会となりました。

和やかに歓談が進み、帝（天智天皇）が
「額田、せっかくの宴じゃ。歌を詠んでくれないか？」
「かしこまりました」

すると額田は朗々と
『あかねさす　紫野（むらさきの）行き　標野（しめの）行き
野守（のもり）は見ずや　君が袖振る』

これはどういう意味かと言いますと、
「ここは紫草の茂る立ち入り禁止の野原よ。
ほら番人が見てるわ。そんなに袖を振っちゃ、
わたしたちのことがバレちゃうわよ。ダメよダメダメ」。

袖を振るという行為は、昔は愛の告白だったんだそうで。これを聞いた列席者たち
（え～、帝の目をくぐって手を振ったって一体誰だ？）
（いい歳してスゲーよな～、まだ言い寄られてんだ？　モテ女全開だ～）
（ザワザワ　ザワザワ　ザワザワ　ザワザワ……）

すると大海人皇子が
『紫草（むらさき）の　にほへる妹（いも）を　憎（にく）くあらば
人妻ゆゑに　我恋（われこ）ひめやも』

どういう意味かと言うと、
「紫草のように美しく匂い立つ君を、憎いことなんてあるもんか。
人妻と分かっていても、俺はこんなにも好きなんだぜ」

兄の天智天皇を前にして、この歌のやり取り。愛のデュエットを高らかに歌い上げたようなものでございます。

これを聞いた帝は、

「額田に大海人、きさまら〜〜〜っ!!」

と刀を抜き斬りかかった——ってことはなく、

「言霊とはさもありなん。おみごと、おみごと」

と拍手をしたとか、しないとか……。

この時、額田も大海人も40歳くらい。帝にいたっては40代半ばぐらいでしょうか。飛鳥時代の平均寿命が30歳ぐらいと言われてますから、もう3人ともヨボヨボの老人でございましょう。ですからこの歌は、激しい灼熱の恋歌とは違うんですね。俯瞰(ふかん)したところで恋を見ている。まあ、3人ともそれなりに歳を取って、酸いも甘いも知り尽くし、色々と許せるお年頃になっていたのでしょう。

帝は大海人が、ずっと額田を愛していることを知っていたのではないでしょうか。自分の知らぬところで焼け木杭(ぼっくい)に火が点(つ)いて、2人が老いらくの恋を始めたとしても、おおらかに受け止めたのでしょう。国のためとはいえ弟の愛した女性を奪ってしまったことに対する、せめてもの罪滅ぼしだったのかもしれませんね。

このの ち帝は崩御。大海人皇子が天智天皇の息子・大友皇子と後継の座を争う、日本最大の内乱と言われる壬申の乱が勃発。大友皇子を倒した大海人皇子が大津から飛鳥に都を移し、ここにて天武天皇として即位いたしました。

それに伴い額田も、あの恋しい飛鳥へと移り住んだんですが、この頃になりますと宮廷歌人としては柿本人麻呂が台頭し大活躍。額田は一線を退いた形になっておりました。まあレジェンドの域に入っていたと言いましょうか。そして最初に愛した男・天武天皇も崩御。ともに青春を、人生を歩んだ男たちを次々と見送った額田。なにを思ったのでしょうか。

そんな額田のもとに、持統女帝の吉野行幸に同行しておりました天武天皇の息子・弓削皇子から歌が届いたのです。

『古に　恋ふる鳥かも　弓弦葉の
御井の上より　鳴き渡り行く』

『弓弦葉の茂る泉の上を鳴きながら渡って行く鳥は、昔を恋い慕っているのでしょうね』という、表舞台に立つことが少なくなった額田を労っての歌と言われております。

これに対し額田は、歳を取っても女王健在とばかりに、老いてもなお瑞々(みずみず)しい歌を返したのです。

『古に　恋ふらむ鳥は　霍公鳥(ホトトギス)
けだしや鳴きし　わが念(おも)へる如(ごと)』

『あなたの言う鳥はホトトギスでしょう？
きっとわたしと同じように遠い昔を恋い慕っているんですよ……』と。

かつて愛した天武天皇を想い、偲んで歌ったものと言われております。これが額田にとって最後の歌となったのでありました。

額田が生きた世は、律令(りつりょう)国家という新しい国造りのため大変な時期で、大化の改新、白村江の戦い、そして壬申の乱と激動の時代でありました。一方で、言の葉で歌を歌うおおらかな万葉の世界がありました。額田は宮廷の中に身を置き、ドラマチックな人間関係、はたまたドロドロとした凄まじいまでの権力闘争を目の当たりにしておりましたが、彼女が作る歌のほとんどが恋や愛を詠んだものでした。なぜでしょう？

どんなに権力や名誉を得ようとも、人間が本当に欲するところは愛なのだと知っていたからかもしれませんね。

飛鳥という激動の世。おおらかに恋をし、のびやかに歌を作り、高らかに歌い上げ、この世を羽ばたいた万葉のスーパースター・額田王の一席でございました。

常盤御前（ときわごぜん）

生年－保延4年（1138年）

没年－不詳

平民の出ながら源氏と平家のトップに愛され、両者の側室となった絶世の美女。牛若丸の名で知られる義経の母でもある。美しさゆえか、その生涯は悲哀に満ちていた

ミスコンで優勝

今回申し上げますのは、鎌倉幕府を開いた源頼朝の父・義朝（源氏の棟梁）の側室であり、頼朝の母違いの弟・義経の生母であり、義朝と平治の乱で戦った平家のトップ・平清盛の側室であったとされる常盤御前様でございます。

今で言うとそうですねぇ、アメリカ大統領の奥さんが、ロシアの大統領の奥さんになるようなもんでしょうかね〜。「なんか節操ない女じゃん!?」と言われそうですが……乱世を生きた女の宿命と申しましょうか、美しく生まれた女の運命とでも申しましょうか、そう渡り歩かなければ生きていけなかったのだと思います。

保延4年（1138年）、常盤御前は京都に生まれます。この頃は朝廷や貴族の警護人として、武士がメキメキと頭角を現していた時代。その二大勢力が、源氏と平家でございました。常盤が生まれた時、父親はいなかったそうです。ですから母が絹や綿を売る商いをしながら、シングルマザーとして常盤を育てておりました。

美女と誉れ高い常盤の母でございますから、やはりなかなかの美女だったようで、そのうえ商才にも長けていたんだそうです。

「あの店、繁盛してるわねぇ～」

「キレイな顔してるし、なかなかの商売人よ～。小金もかなり貯めてるらしいわよ」

「へ～、絹とか綿売って、そんなに貯め込めるほど儲かるのかしら？」

「だって～、三十路前であれほどの器量ですもの……」

「器量がいいからって売り上げとは関係ないでしょ。顔を売るわけじゃあるまいし」

「もう、アナタ鈍いわねぇ。なんでもあの方、以前は歌をやったり踊りをやっていたそうよ」

「ってことは白拍子（今で言うと歌って踊れるアイドルで体を使った営業までしちゃう感じの人）だったの～？」

「っていう噂よ……。だから〝春〟も売ってるんじゃないかって……」

「まあね～、旦那がいないから食べていくには仕方ないかもしれないわね～」


そんな巷の噂話を常盤は知ってか知らずか、母親思いの素直な美しい少女へと成長いたします。


ある日のこと。商いから帰って来た母の肩を揉みながら、

「母様、お疲れ様。いつもお仕事ご苦労様ね。わたしもそろそろ商いをしようと思うの。少しでも母様の手伝いをしたいのよ」

「ありがとう常盤。でもね、小娘のあんたに務まるほど商いは簡単じゃないの。

家の手伝いをしてくれるだけで十分。ありがとう。

……ねえ常盤、お前もそろそろ年頃だ。女の幸せってのはなんだと思うかい？」

「女の幸せ？　そりゃ好きになった人と結ばれて、子どもを産んで楽しく暮らすこと」

「ハッハッハ、まだまだ夢見る夢子ちゃんだねぇ。いいかい常盤、好いた惚れたで飯は食えない。飯が食えなきゃ生きていけない。頼りになる男、力のある男、財産のある男を夫に持つのが女の幸せなんだよ。そういう男に気に入られてこそ、女の幸せを掴めるんだ。よく覚えておき」

「頼りになる男、力のある男……か。わたしにそんなご縁があるかしら。

それより母様、お腹すいた。ご飯にしましょう」


そんな中、この親子にビッグなニュースが舞い込んできたのです。

『近衛(このえ)天皇の后(きさき)
九条院さまの雑仕女(ぞうしめ)（世話係）大募集～!!
〇月〇日　全国オーディション開催！
美貌に自信があるそこのアナタ、集まれ～!!
条件：未婚女性。我こそは美人という人
（自薦他薦は問いません）』

当時、貴族や皇族にとって美人の女官を置いておくのはステータスだったんだそうな。また、一般庶民にとっても女官になることは、出自や家柄に関係なく出世できる唯一の道だったのです。娘が宮中に入れたら、そこで力のある男の女になれる!! これはチャンスとばかり、母はさっそく常盤をエントリー。総勢千人ほどの応募があったようですが、そこからまず百人に絞られ、五十人、十人……と絞られていく。

さあ、いよいよ最終選考の当日でございます。

「栄えある雑仕女に選ばれましたのは、ドゥルルルルルル……(ドラムロール)。ダダダン♪

エントリーナンバー7番、常盤さんです! おめでとうございま〜す!!」

♪パンパカパーン　パンパンパン　パンパカパーン♪

「常盤さん、みごとミス雑仕女に選ばれました!!

日本一の美女と認められたも同然です。どうですか? 今のお気持ちをお聞かせください」

「え〜、信じられないです。夢を見ているようで」

「その感動、想いをどなたに伝えたいですか?」

「はい、母に。母様、わたしやったよー! ミス雑仕女になったよ———!!」

と、嬉し涙の雨あられ。また、天皇家から母のもとへ、見たこともないようなきらびやかな織物や櫛・かんざしが届けられる。

「まあ〜、ありがたやありがたや〜。孝行娘を持ってありがたや〜」

と、母も嬉し涙の雨あられ。

幸せの絶頂

さあ、こうしてどこの馬の骨とも分からない常盤は、天皇の后に仕える女官となり、誰もが羨むほどの大出世を遂げたのでありました。そうこうするうち、常盤16歳。そろそろ嫁いでもよいお年頃。金箔付きの美人ときたら、宮中の貴族は放っておかないだろう……と思いきや、常盤の身分が低いものですから「遊びならいいけど、結婚相手としてはね〜」みたいな、目の保養程度の対象だったようです。

そんな常盤に目を付けたのが、あの源氏の棟梁・源義朝。さすが頼朝の父親だけありまして、なかなか凄い男でございます。「どう凄いのよ〜？」。はい、ざっくりと申し上げましょう。

義朝の父の為義は、もともと平安京にて白河法皇のもとで活躍していたんですが、度重なるしくじりでもって地位を失墜。京において源家の再興は難しいと思い、息子の義朝を関東（東国）へと向かわせたのです。

この時、東国っていうのは源氏同士の領地争いが熾烈なところ。そこに放り込まれました義朝。しかし、さすがに強い男でございますね。もう日々喧嘩、喧嘩……いやいや戦、戦に明け暮れまして、遂には『東国と言えば義朝』というぐらい関東のボス的存在になったのです。

東国で源の名をあげた義朝は、再び京へと上ります。京にもその武勇は轟いておりまして、鳥羽上皇に気に入られ、北面の武士（上皇の護衛役）になり、果ては下野守（しもつけのかみ）にまで任命されたのです。まさに源家を再興したと言っていいでしょう。

つくづく思うんですけれども、自力があって仕事ができて勝てる男、つまり男の中の男っていうのは本当に女が好きね!! オスの本能が子孫を残そうとするんだろうねぇ。もれなく義朝もそうです!! 宮中で常盤を一目見るなりゾッコン!! 戦う男は狙った獲物を逃しません!! さっそく常盤にアプローチ!!

これを知った宮中は「東国の武士如きが宮中の女官に手を出しおって、けしからん!!」とはまったくならず……。朝廷としてもなにか事が起こった時、義朝率いる武士たちに働いてもらわないと困っちゃいます。「なに？ うちの常盤を気に入ったとな？ どうぞどうぞ、よしなにお可愛がりを」

と、ちょっとしたご褒美をあげたんだから、今後ともよろしくね～ってな感じでしょう。

こうして常盤は源氏の棟梁・義朝の側室となったのでした。「ん？　側室ってことは？」。そう、正室はすでにおりましたよ。由良御前というお方。熱田神宮の大宮司家の娘さん。「あらら、そんな出自のいい方だったら、さぞかしプライドを傷つけられたんじゃないの？」。それがそうでもないらしく……。だって常盤はほら、身分が低いから。由良御前にしてみたら、キレイだけが取り柄の妾になるしか能のない女みたいな感じで、嫉妬の対象じゃなかったみたいです。こうして義朝に大きな屋敷を建ててもらい、そこに母も同居し、初々しい新妻の生活が始まったのです。


「常盤～、いい人に見初められてよかったね～。義朝様は源氏のトップだよ。これからは武士が活躍する時代だ。義朝様にうんと可愛がってもらえるよう尽くすんだよ。女は力ある男に気に入られてナンボなんだ。そして子を産んでも常に美しくいるんだよ。分かったね？」

「はい、母様。義朝様を頼り、いつまでも愛してもらえるよう美しくいるわ」


まあ、このような母ですから夜伽の術もすべからく、あの手この手と指南を尽くし、2人の愛が実を結びまして2人の男の子を出産。長男・今若、次男・乙若が誕生いたしました。

そうこうするうち崇徳上皇と後白河天皇による権力争い「保元の乱」が勃発。ここで後白河天皇側についた源氏・平家軍が大勝利を収め、義朝は大出世を果たすのです。

卑しい身分からミスコンで優勝し、トップの男に見初められ子どもを産み、その男がまたまた大出世。そして本人が絶世の美女ときちゃ〜、もう凄すぎて共感を得られないぐらいのシンデレラ・ストーリーでございます。

そして三男の牛若が誕生。これがのちの義経。常盤にそっくりな見目麗しい玉のような男の子。常盤、女の幸せの絶頂を味わっておりました!! しか〜し!! 安穏な幸せは未来永劫続かないもの。世は無常とでも申しましょうか。不穏な足音が常盤に忍び寄って来るのです……。

絶頂からの転落

時は平治元年（1159年）、「平治の乱」が勃発。「おいおい、今度はなにが原因の戦だよ?」。はい、ざっくりと申し上げましょう。

保元の乱で大活躍した源氏と平家。朝廷からご褒美を頂戴します。平家は日本屈指の大国・播磨の国を含む四か国を与えられましたが、対して源氏は左馬頭（京都で馬を育てる仕事）と1か国のみ。これに義朝の心は傷つきます。プライドがズタズタでございます。ここまで頑張ってきたのに朝廷は認めてくれないのか……。この差配をしたと言われておりますのが、後白河天皇の側近である信西という男。

「あの野郎か〜、あいつが諸悪の根源だ」

この信西に不満を持っておりました藤原信頼（のぶより）とともに天皇・上皇を幽閉し、信西を襲撃すべくクーデターを起こしたのです!!　これがみごと成功!!　しかし、ここで黙っていなかったのが平清盛。清盛は信西の政治上のパートナーとして重用されていたからです。

すぐさま大軍を率いまして天皇・上皇を奪い返し、信頼・義朝軍を征伐。みごと清盛勢が勝利を収めたのでした。信頼は六条河原で斬首。義朝は東国に逃げる途中、仲間に裏切られ殺されてしまったのです。こうして平家が全国の半分くらいの土地を治めまして、『平家にあらずんば人にあらず』と言われるぐらいの大勢力になっていくのです。

一夜にして大黒柱、いや大きな庇護の傘、いや命綱と言ってもいい夫の義朝を失ってしまった常盤。それだけでなく、こうなってしまうと夫は謀反人。大罪人なんです!!　これから自分たちはどうなっていくのか……。この子どもたち、謀反人の血を継いだ息子たちはどうなってしまうのか……。想像するだけでも恐ろしい。気がおかしくなりそうな常盤。やがて、平家による義朝の残党狩りが始まったのです!!

3人の子どもたちは、みんな男の子。見つかったら命は無い。殺されるであろう。この時、常盤の頭にあったのは子どもたちを守ること!! ここにいては危ないと、乳飲み子の牛若を抱え母子4人、夜明け前に義朝と暮らした屋敷を抜け出したのです。

彼女がまず向かいましたのは、幼い頃から信奉しておりました清水寺。

「母様、もう疲れたよう。歩けないよう」と今若。

「母様、お腹すいたよう。もう歩けないよう」と乙若。

「オギャア、オギャア、オギャア、オギャア……」烈火の如く泣きじゃくる牛若。

「もう少しでお寺に着くから、お寺に着いたらなにか恵んでもらいましょう。

それまでなんとか辛抱して歩くのですよ!!」

「ヤダヤダ〜お腹すいた!! 今食べたいよぉ」と乙若。

「あなたたち、見つかったら命は無いのですよ!! 殺されるのですよ!! 殺されてもいいの!?」

「……シクシク、シクシク……ヤダ、死にたくない……シクシク、シクシク」

「なにがあっても生き延びるのです!! さあ、もうすぐでお寺です。歩きましょう!!」

こうして清水寺に着いて、僧から「この寺に当分身を隠してはどうか」と提案されたのですが、京にいてはすぐに居場所が知れてしまう。子どもの無事の祈祷をお願いし、一路、親戚のいる大和へと向かいます。

幼子と乳飲み子を抱え、大和街道をよろめき歩く。初春といえど、凍えるほど寒い山道でございます。空腹は度を越し朦朧（もうろう）とし、足も前へと進まない。幼子たちは寒さゆえ、あかぎれができ血が噴き出ている。こんなことになるのなら、清水寺に匿ってもらったほうがよかったのか……。逃亡なんかしないほうがよかったのか……。いや、あのまま屋敷にいたら平家に捕まり、子どもたちの命はすでに無かったのだ……。命をかけて、この子たちを守らなくては!!

再び己の心を奮い立たせ歩き始める常盤。美しさゆえ力ある男に守られ、自分自身もそうあろうとし、なに不自由なく、なんの心配もなく生きてきた常盤。この時、初めて自分の足で立ち、自分の意思で生きる、まさに女から本当の母になったのではないでしょうか。

そうこうするうち常盤の母が平家に捕らえられ、拷問を受けているという情報が入ったのです!!女手一つで苦労して自分を育ててくれた母。その母が拷問されている!!　母を見捨てることはできない。そう思った常盤は息子を連れ、清盛のもとへと出頭したのでありました。

清盛は常盤の顔・全身をじっくりと睨（ね）め回し、

（噂に違（たが）わずいい女よのぅ）

対する常盤は、

（この男のこの視線、わたしを十分に女と見ている）

美しい女は男が自分をどう見ているかを知っているものなのです。

キレイな女に無垢な女なんて者はございません。常盤はさんざん男たちのオスの視線を受けてきたのです。自分をどう見ているか。メスの本能で十分に分かっていたのです。

「そなたが来るのをずっと待っておったぞ。その3人の子は義朝の子か?」

「左様でございます……お願いでございます!! わたくしは、どんなことでもいたします!! どうか、どうか、どうかこの子たちの命だけは、お助けくださいませ! お願いでございます!! どうか、どうか……」

その麗しい瞳に大粒の涙を浮かべ懇願したのです。

この涙は清盛を落とすための涙だったのか、はたまた息子たちを助けるための本当の涙だったのか……。生き残るため、どちらでもあったのではないでしょうか。

「天下の美女と謳われた常盤がなんでもしてくれるのか?

ハッハッハ、それはありがたいことじゃ。ワシとて謀反人の子をワケもなく殺したりはせぬ。

頼朝とて母が命乞いをしたので、仕方なく伊豆へと流した」

「まことにございますか!?」

「そなた、子どもたちの命をなにがあっても助けたいと申したな？」

「はい、命に代えても」

「ハッハッハ、命はかけんでもよい。

先ほど子どもたちの命を助けるためならなんでもすると申したな？」

「はい……」

「のう常盤……ワシの女になるなら、子どもたちの命を助けてもよいぞ」

清盛の視線から、そういう流れになることは薄々感じ取っていた常盤。

ここで「否（いな）」を申したら、あの子たちは殺される。

覚悟を決めた常盤は真っすぐ清盛を見つめると
「子どもたちの命をどうか、どうか、どうかお助けくださいい!!」

と静かに、そして強く申し上げたのでありました。

その夜、夫・義朝の仇（かたき）である清盛に抱かれた常盤。

（義朝様、ごめんなさい。あの子たちの命を助けるためには
仕方がなかったことなの。どうか許して……あぁ――）

清盛が自分の体を貫いていく。

（ああ――、許して――!!）

その時、母の言葉「女は力のある男を夫に持つのが一番幸せなんだ」が頭の中を駆け巡る。

（母様、これが……これがホントに女の幸せなの……？）


誰もが羨むシンデレラ出世から、これほどの大流転。とはいえ、源氏のトップの女から平家のトップの女に。美しさゆえなのか、それともそういう宿命を背負ってしまったのか。今若・乙若は僧になるべく寺へ。牛若は乳飲み子だったゆえ4歳まで手元で育てられましたが、その後、やはり同じように鞍馬（くらま）寺へと送られたのでした。

美しすぎた代償

こうして清盛の側室になった常盤。2人の間に女の子を儲けます。夫の仇の男とはいえ、平家のトップに君臨するほどの男でございます。やはり魅力はあるし、精力もバリバリ。やがて常盤の心も清盛へと惹かれていったのです。

ところがです!! 清盛の正室・時子（ときこ）が、ま～～～嫉妬深い!! その嫉妬の深さは、北条政子か時子かってぐらいの凄まじさです。そこに常盤が子どもを産んだとなったら……。「この先、力をつけられちゃ困る。離縁しろ!!」と、清盛に激しく迫ったのです。

清盛も時子に頭が上がらず、なんと常盤と離縁し、上級貴族の一条長成（いちじょうながなり）という男のもとへと嫁がせたのでした!! 有無を言わせずです。男の手から手へと渡されていく境遇。「でも2人の男は日本のトップの男だし、3人目も貴族だし、セレブでいいじゃん?」と思うかもしれませんが、もうここに常盤の意思なんて無いんです。なんだか同じ女として辛いなぁ。可哀想に思ってしまいます。

そうこうするうち大きくなった源頼朝は、平家討伐に兵を挙げ、そこに大きくなった牛若（元服して義経）が加わりまして平家を追い詰めます。義経が奇襲攻撃で活躍した一ノ谷の戦い、屋島の戦い、壇ノ浦の戦いでもって平家は滅亡したのです。清盛が頼朝・義経を助命したことが仇（あだ）となってしまったのか、はたまた常盤の色香に惑（まど）ってしまったのが仇となったのか。なんとも……悲しい話でございます。

この時、常盤はどう感じたのでしょうか。息子は立派な武士となり、父親・義朝の仇を討ってくれた。しかし、今の自分たちが生きていられるのは、息子たちが殺した平清盛のおかげなのです。自分を愛し守ってくれた男たちが、次々と非業の死を遂げていく。しかし常盤の悲しみ・嘆きは、これでは終わらなかったのです。

平家を倒した最大の功労者である我が子の義経が、母違いの兄で総大将の頼朝と対立し、追われる身となってしまいます。夫のみならず、なんと愛しい息子までもが謀反人・大罪人となってしまったのです。

そして追い詰められました義経は、奥州で自害し果てたのでありました。この知らせを聞いた常盤。はらはらはらはらと涙をこぼし、仏前に手を合わせひたすらに念仏を唱え、義経の冥福を祈ったのでした。そして罪人の母親が妻とあっては一条家に迷惑がかかると、夫のもとを去ったのであります。

このあと常盤はどこへ行ったのか……。尼となり、念仏三昧の日々を送ったのか。はたまた幼少の頃の町娘ならぬ町のおばさんとなり、密かに暮らしたのか。はたまた愛する息子の最期の地、奥州へと向かったのか。はたまた周りの男たちがみんな死んでいく己の呪われた運命を憎み、自害し果ててしまったのか……。

誰もが羨むほどの絶世の美女に生まれ、それゆえ力のある男に愛され、尽くした常盤。生き抜くため力のある男から男へと渡り、凡人では見られないほど世の無常を味わった常盤。美しく生まれた女の代償は、あまりにも大きすぎたのではないでしょうか。戦に出ずとも自分の運命・宿命と懸命に戦った、麗しき悲劇のヒロイン・常盤御前の一席でございました。

追記――

よく世間では「美人とブスはどっちが得か」という論争がございますが、この方の人生を見ていると美人すぎるのも辛いよなぁ。やっぱり「何事も中庸（ちゅうよう）が一番」という言葉を思い出してしまいます。

北条政子（ほうじょうまさこ）

生年－保元2年(1157年)
没年－嘉禄元年(1225年)

鎌倉幕府を開いた源頼朝の妻。将軍の補佐・代行として実権を握り、尼将軍と称されるほどの女傑であったが、恋においては怖いほど一途でピュアだった

運命の出会い

日本三大悪女の1人に数えられる北条政子。この三大悪女って、完全に男目線の捉え方だと思います。彼女の偉業はあとで述べるとして、男勝りの女傑は男からすると嫌なんでしょうね!!「凄いのは分かるんだけど……なんか可愛げないんだよな」みたいな。それはさておき、わたしが彼女の中で一番尊敬して凄いなぁと思うところは、並外れたガッツやパワーもさることながら、その眼力!! ハンパなく男を見る目を持っているところ!!

この方の夫、皆さまもご存じの源頼朝（よりとも）!! 頼朝と言えば、1192（いいくに）つくろう鎌倉幕府（わたしの時代はそう教えられた）を開いた、偉〜いお方。しかし!! この鎌倉幕府樹立には、北条政子との出会いが大きくかかわっていたのです。政子と頼朝、どうやって出会ったのかと申しますと、『平治（へいじ）の乱』で破れた源氏の棟梁・源義朝（よしとも）、その嫡男が頼朝。父の義朝は当然殺されましたが、少年だった頼朝はなんとか命だけは助かり、伊豆の国へと流罪になったのです。この頃は平家全盛の世ですから、それに刃向かった源氏は言うなれば日本を代表する犯罪者。その息子の監視役を任されたのが、政子の父・北条時政（ときまさ）だったのです。

そんな中、父親の時政が京都大番役（御所などの警護役）で長期にわたり出張することになったのです。これをチャンスとばかりに女大好き!! エッチ大好き!! 性欲旺盛な頼朝の食指が政子へと伸びます。この頃、京のおしとやかな女しか知らなかった頼朝には、伊豆の田舎の野性的な娘・政子が新鮮だったのでしょう。

一方の政子は、まだまだ男を知らないウブな田舎娘。罪人の息子とはいえ、イケメンで人当たりのいい頼朝に「わぁ、かっこいいお兄ちゃん♡ こんな人のお嫁さんになりたいなあ……♡」と乙女心に憧れを抱いていた。そんな政子の想いを察していた頼朝。

ある日のこと。

「政子ちゃん、いつも美味しいご飯を運んでくれてありがとう」

「あっそんな、とんでもないです」

「いつも美味しく頂いてるよ。……でも、政子ちゃんが運んでくれた時が一番美味しい」

「そっ、そんな……ありがとうございます♡」

「はにかむ政子ちゃんって、すっごいカワイイ」

「え？ そっそっそんな……あっあの、頼朝様はなにがお好きですか？

好きなものを今度お持ちしますわ」

「好きなものか……そうだなぁ、魚も好きだし、鳥も好きだし、煮物も好きだよ。

でも一番好きなのは……（政子の目を愛おしそうに見つめて）政子ちゃんだ。

　オレは君を食べたい。あっいや、君を頂きたい!!」

　ビッビッビビビー！　政子の全身に電気が走っちゃった!!　おそらく生まれて初めて男に口説かれた政子。「カワイイね」、「一番好きだ」、そしてトドメの「君を食べたい」。その言葉が政子の頭と心の中をグルグル巡る。完落ちです。ウブな娘は怖いほど一本気。

「頼朝様、わたしもあなた様のことを前から好きでした。大好きでした!!　わたしはもう、あなた様のものです。この身をあなた様に捧げます!!」

「政子ちゃん……後悔しないかい？　オレって罪な男だぜ」

「かっこいい♡♡♡　そんな頼朝様を愛しているの～♡♡♡」

　こうして⁉　2人は恋仲になってしまったのです。頼朝も罪人の身で、しかも敵方の北条家の娘に手を出すなんて凄いですよねぇ～。平安時代はフリーセックス全盛の世だったそうだから、平安末期もその名残があって、頼朝も欲望全開だったのでしょう。

　それにしてもです!!　このことが明るみになったら、またなにかしらひと悶着が起きる……というか、へんぴな場所に流されるどころか、身の危険さえ感じそうな状況です。

しかし、やっぱりなにか大きなことを成し遂げる男は違います。「この女が好きだ！　この女が欲しい！」と思ったら、自分の心に、オスの衝動に正直に行動するんでしょうな。「今だよ、今!!　今が大事なんだ!!　先のことなんか考えちゃいらんねぇ!!」といったところでしょうか。


一方、こちら父親の北条時政。

頼朝と政子の関係を、京都出張から帰ってくる途中に聞かされたそうで、

「なっなっなっ、なに〜〜〜〜〜〜〜〜〜!!」と烈火の如く怒った!!


そりゃそうだよ。当時は平家絶対の世。言うなれば〝将軍様〟です。その絶対的存在の将軍様に刃向かうこと、裏切ることを娘はやらかしてしまったのだから。


「う〜〜〜!!　まったく、政子はなんてことをしてくれたんだ。

いや、あの頼朝め！　女好きと聞いてはいたが、まさかうちの娘に手を出すとは!!

2人ともどうしてくれよう。いやいやそれよりも、このことが平家にバレたら……恐ろしや。

いったい……いったい北条家はどうなるんじゃ!?　ううう〜〜〜!!」

怒りと共に恐怖におののく時政。

「どうしたものか……どうしよう、どうしよう」

考えに考え抜いた末、とにかく頼朝と政子を離して別れさせようと、なんと伊豆の目代（もくだい）だった山木兼隆（かねたか）のもとへ、政子を無理矢理に嫁がせることを画策します。

「よいか政子！　黙って聞くのじゃ。たった今、山木殿のところへ嫁ぐのじゃ!!　頼朝とはなにも無かったのじゃ。よいか？　アイツのことは忘れるのじゃ!!」

父親の勢いに押される政子。歯を食いしばりつつ――

「……はい父上。かしこまりましてござります」

「よしよし。おお、これで安心じゃ！　北条家も安泰じゃ!!　やれやれ」

ホッと胸をなで下ろす時政。何事もなく収まった。よかった、よかった。一件落着。

命をかけた恋愛逃避行

さて、いよいよ婚礼当日。厳かに婚礼の儀の準備が進んでいます。

政子はなに気なく、

「ちょっと外の風に当たってきます」と外に出た。

その静か～な表情の奥には、誰にも気づかれずに灯していた青く燃える炎があったのです!!　そう、頼朝にゾッコンラブの政子は、はじめから山木家に嫁ぐつもりなんてありませんでした!! 周りを見渡し誰にも見られていないことを確認すると、そのまま駆け出して山木館から逃亡してしまいます。行き先は頼朝の待つ伊豆山権現(ごんげん)!! なんとその距離、およそ20キロメートル!! しかもその日は雨だったそうな!!

20キロメートルって、東京駅から川崎駅ぐらいまでの距離だよ!! しかも政子の駆けた道は平坦な道じゃないのよ!! 山木館から伊豆山権現に行くには、峠をいくつも越えなければなりません。現代のようにランニングシューズや登山靴なんてあるはずもなけりゃ、疲れた時の栄養補給にオロナミンCやリポビタンDなんて物もございません。まあ、おいしい岩清水はあったでしょうけど。

女の足で、夜それも雨が降りしきる真っ暗な中、1人で山道を越えて行く。我が愛しき頼朝様が待つもとへと走るよ、走る政子ちゃん。野を越え山越え峠越え、もひとつオマケに峠越え。ずんずんずんずんずんずんと~~~!!

この時、政子は駆けながらなにを考え、なにを思っていたのでしょう。冷静に状況を考えたらできないよねぇ。自分の未来、父や母、北条家そのものがどういう目に遭うのか考えたら、そら恐ろしくて。わたしだったらできないよなぁ~。やはり頼朝と同じく歴史に名を残す女性は中途半端じゃないよ。なにかが突き抜けています。

さて、こちらは政子の出奔を知った山木兼隆。

「なに～～!!　政子がいない？　逃げ出して頼朝のもとへ向かったとな!?
探せ、探すのじゃ～!!　そして連れ戻すのじゃ～～～!!」

さあ大変!!　これにより平家との確執が避けられなくなった父・時政!!　さあさあ、どうする？
やるかやられるか……。と、そこはさすが政子の父。行動派です。

平家の仕置きなんか待っていません。

「もうこうなったら仕方あるまい!!」

時政は開き直り、源氏の名のもとに武士を集め、なんと娘を奪ったけしからん男、源頼朝を棟梁に据えると、まずはいずれ戦いになるであろう山木兼隆の館を襲います。そしてその後、平家打倒の旗を揚げたのでありました。なんじゃこの展開！　兼隆にとったら、とんだとばっちりだよ!!
ともかくその後、歴史がどう動いたかは皆様ご存じの通り。

頼朝率いる源氏が平家を打ち倒し、長く続いた平安時代に幕を下ろします。そして、約680年にわたり日本を支配する武家社会の礎となる鎌倉幕府がスタート。これはまさしく北条政子の無茶で無謀で大胆な行動が、日本の歴史を大きく変えたと言っていいでしょう。アッパレ、政子!!

でも、ここでわたしは政子に疑問が湧くのです。なぜそこまで愛を貫けたのか。頼朝のどこに惚れたのか。だって出会った当時、頼朝は罪人だったんですよ？　当時の罪人・流人って、いわゆる会社のリストラどころか、世の中からリストラ、日本からリストラされた……とにかく将来をまったく見出せない立場の〝ダメ男〟だったはず!!

そんな男のもとに行くということは、すべてを敵に回し、自分の生きる場所をすべて失うということ。決死の恋だなぁ。頼朝のなにを見込み、なにを信じ、なにに賭けたのか。

ちょっと政子に聞いてみようと思います。

「父親が決めた婚礼の儀を抜け出して、駆けて行ったんでしょ？
そこまでするほどいい男だったの？」

「まあね」

「でもさ、その好きだって気持ちはよく分かるけどさ……。
お父さんが決めた許嫁と一緒になったほうがいいよ～。苦労なく平和に暮らしていけると思うし。
やめた方がいいと思うなぁ。だって罪人でしょ？」

「おぬし、名はなんと申す？」

「は？　神田蘭です」

「蘭殿は、それで幸せか？」

「幸せ？」

「好きでもないお方に、自分の人生を捧げることが出来るのか？」

「そっ、それは……」

「頼朝様は今は罪人かもしれないが、このままでは終わらないお方。必ずなにかを成されるお方じゃ。わらわは、それを信じておる。わらわは頼朝様の目を見て確信したのじゃ！

わらわは頼朝様が大好き。頼朝様と一緒にいたいのじゃ!!」


このまっすぐな情熱。ただただ頭が下がります。自分を信じる力がハンパないです。そう、彼女は自分の心を偽って安全な生活を選び、屍のように生きるよりも、この先どうなるか分からないけれど、自分の心に正直に突き進む道を選んだのです!!

とにかく愛した男に命をかけられるほどの女です。それに応えようと頼朝だって政子一筋に生きた!!……と言いたいところですが、そこはやはり男です。生物学的にオスは、種をまき散らして自分の遺伝子を残したがる生き物……ですから。頼朝はオスの代表として、セッセと他所に種をまいておりました。まあこの時代、一夫多妻制みたいなもんだからね〜。

政子の復讐

さあ、このことが第二子を妊娠中の政子の耳に入ってしまったのです!!

「鎌倉殿（頼朝）もお盛んだよなぁ〜。

亀の前っていう若くてめっちゃキレイな女を囲って、夜な夜な通ってるらしいぜぇ」

「しゃあねぇよなぁ。御台様（政子）は懐妊中だから相手できねぇしなぁ」

「そりゃそうだけど、御台様と亀の前を比べてみなよ!!

かたや男勝りで気が強い、さらに決して美人とは……。

かたや美しくて優しくて色っぽいときちゃあ、

十人が十人、いや百人、いや千人……と、すべての男が亀の前をとるぜ」

「本当だな。御台様もうかうかしてらんねぇな。

御台様の座を奪われちゃうんじゃねーか。ハッハッハッハッ……」

この噂を聞いた政子は、

「頼朝様ほどの男なら仕方ない……わたしのところに戻って来てくれるのを待つわ。あなたの着物をチクチク縫いながら待っているわ」

な〜んて、しおらしいことを思う女ではございません!!

「なっ、なんだってー？　亀の前ってどこのどいつじゃあ!!　若くてキレイだと!?　どんなにキレイでも、年とりゃみんなクソババアになるんじゃい!!」

「優しくて色っぽいだとー？　ボケっ!!　男に媚びて色目を使う単なる尻軽女だろがー!!　なんの能力もない色ボケ女が!!　御台の座が危ないだとー!?　御台はわたし、わたしが御台!!　未来永劫わたしが御台なんだよー!!　ボケ――――!!　わたしの頼朝様を――――!!　ゆっゆっゆっゆるせねぇ――――――!!」と、嫉妬の鬼と化した政子。

家来に命じ、亀の前の屋敷を破壊させたのです!!　さすがにこれには怒りを覚えた頼朝、政子を怒鳴りつける!!――かと思いきや、そうはせず亀の前の屋敷を破壊した家来に、

「お前ちょっとさぁ……政子を立てるのはいいよ？　いいけどさ、政子の言うことは聞いても屋敷を壊す前にひと言オレに教えてくれなきゃ。愛しの亀ちゃん泣くわ喚くわ、政子に恐れをなしてすげえトラウマ抱えちゃったんだよ……。まったくもう、この責任は全部お前な!!」

と、なんと!!　その家来の髻（頭上にまとめた髪）を切り落としちゃった!!　当時これを切ら

れるというのは、イチモツをさらけ出すのと同じことだったそうで大変な屈辱。実はこの家来、父・時政の後妻・牧の方の父親だったのです。これに怒った時政は一族を連れ、伊豆の国へ帰っちゃった。

これに政子は、

「えー!? 頼朝様――、なんてことしてくれたのよ――!! ったく!!」

と、今度は政子が亀の前に屋敷を提供していた頼朝の家来を遠くの地へ追放しちゃったのでありました!! チャン、チャン、チャン♪

夫婦喧嘩どころか、反社がやりそうな行動がてんこ盛り! 両方の家来たちも、とんだとばっちりですよ。頼朝もきっと思ったはず。政子を敵に回したら相当怖いぞと。しかし、世を動かすほどの男の妻は、これぐらいの強さと行動力が無ければ務まらないのでしょうなぁ。

なんだかわたしも、政子って悪女かとちょっと思えてきた……。だって怖すぎるんだもん。自分の身を脅かすものは潰す!! やられたらやり返す!! 孫子(まごこ)の代まで祟ってやる――!! こわ~~~!! 友達になりたくな~い!!

後年ですが、こんな逸話が残っています。頼朝が幕府を開いた祝いの宴が鎌倉の鶴岡八幡宮で行われることになったそうです。

その頃、頼朝の腹違いの弟・義経は、頼朝から追われる身となっており、彼の愛妾である静御前は吉野の山中で捕らえられ、鎌倉に送られてきました。静御前というのは白拍子で、天下に聞こえた美女であり舞の名手。

古典講談の中にも
「小野小町か照手姫、見ぬ唐土の楊貴妃か普賢菩薩の再来か（パンッ！）、静御前に袈裟御前（パンパンッ）」
という感じで、美人の形容の言い立てに出てきます。

さあ、祝宴が賑やかに行われている最中、政子が静御前をみとめるや、
「おお、静殿。このめでたい日に、そなたの舞を披露してくれぬか？　どうしても日本一の踊り手の舞を見たいのじゃ。どうか舞ってはくださらぬか？」

これを聞くや静御前は、
「わらわは今や罪人となってしまった義経様の側室。わらわも同じ罪人でございます。そんな者が頼朝公を祝うこの……このめでたい宴に舞うなんてことは、とてもではございませんが、できませせぬ」

丁寧な物言いですが、本心は「ふざけるな!!」と言ったところでしょう。しかし頼朝からも「ワシも静殿の舞をぜひ見たいものじゃ。ひとつ舞ってはくださらぬか? 日本一の舞を!!」と執拗に頼まれたものですから、仕方なく舞うことを受け入れたのであります。

さあ源氏の武将が揃う中、いよいよ鶴岡八幡宮の社前で舞が始まります。


イヨ――――、ポンッ!

『吉野山　峰の白雪　ふみ分けて　入りにし人の　跡ぞ恋しき』

と、歌って舞ってみせました。


これは頼朝に追われる身となり、吉野の山の白い雪を踏み分けて山中に姿を消していく義経を想い慕う歌なんです。純粋に義経への愛をテーマにしているようにも受け取れますが、それだけではございません。「義経様をこんな目に遭わせた頼朝! アンタじゃ! わたしはアンタを絶対許さない。なにがあっても許さないぞ!!」という怨念も込められています。

こんな舞をしたらどうなるか、もちろん静御前は分かっていたはず。おそらく彼女は死ぬ覚悟で舞ったのでしょう。決死の舞です。

これを見た頼朝はチョー激怒！

「このめでたい席で罪人を慕う舞を踊るとは、けしからんにもほどがある！　静を捕らえろ!!」

その時、政子がずいっと前へ出て、

「あなた様!!　お待ちくださいませ!!　思い出してくださいい!!

わたしの父に、あなたとわたしの間が引き裂かれたことを……。

わたしは山木殿との婚礼の儀の途中で逃げ出し、

雨の中、峠を越えてあなた様のところに駆けて行ったことがありました。

あの時、死を覚悟で逃げました。静殿が義経殿を慕う舞をするのは当然です!!

わたしもそうしたでしょう。死を覚悟して舞うほど義経殿を愛しているのです!!」

さすが命をかけて恋を実らせ、愛憎の修羅場を生き抜いた女は違います。決死の覚悟で舞った静御前の心意気を理解し、擁護したのでありました。

さて、その後も政子は陰になり日向になり頼朝を支えていきます。頼朝の死後は尼となりましたが、跡継ぎの息子たちが次々と死に、色々あった末に弟の義時（よしとき）を執権に就かせ、尼将軍として幕府の実権を握っていきます。そうこうするうち、後鳥羽上皇が鎌倉幕府を倒そうと兵を挙げます。

これが「承久の乱」。朝廷が襲い掛かって来るのです。御家人たちは天皇家に逆らうことに不安を覚えます。

この時、政子は大勢の御家人たちを前にし、

「皆の者……これはわたしの最後の言葉です。頼朝様が朝敵を滅ぼし、ここに幕府を開きました。よって皆の地位は上がり、収入も増えましたね。これはすべて頼朝殿のおかげです。その恩は山よりも高く、海よりも深いはず。今こそ、その恩に報いる時です。もし……この中に朝廷につきたいと思う者がいるなら、今すぐに名乗り出なさい!!」と演説したのです。

これを聞いた御家人たちは涙を流すほど感動し、命をかけて戦うことを誓ったといいます。平安時代までの武士は貴族にこき使われる番犬程度の存在にすぎませんでしたが、頼朝が幕府を開き、武士の地位を上げてくれたのだと。

演説を聞いた御家人たちは、その恩に改めて気付いたのでしょう。まさに義理人情に訴えた名スピーチと言えるのではないでしょうか。強い女はしたたかでもあるのです。この演説で幕府は一つとなり、勝利を収めたのでありました。

頼朝を命がけで愛し抜き、彼が開いた鎌倉幕府を最後の最後まで守り抜いた女・北条政子。悪女なのか、勝利の女神か。はたまた鬼嫁なのか、聖女なのか。これらすべてを含んだ一つの形容では収まらない、色んな意味でスケールの大きな女性だったのではないでしょうか。

日本史上最強（!?）の女、北条政子の一席でございました。

真実の愛を知った傾国の美女

亀菊（かめぎく）

生年－不詳

没年－不詳

およそ1000年前に遊女のような仕事に就いていた女性。後鳥羽上皇の妾となるが、思わぬ苦境に立たされる羽目に。しかし、その苦境の中で真実の愛に辿り着くことに――

傾国の美女

傾国(けいこく)の美女という言葉がございます。その意味を調べてみますと「君主がその色香に溺れ、国政を疎かにしてしまうほどの美人」とあります。国家を崩壊に導くほどの女性とあらば、さぞかし美しかったのでしょうね。

男がキレイで若い女に夢中になるのは本能なのでしょう。一説によりますと、多くの子孫を残すため、より若い女を求めるのだそうな。女もキレイな人は自覚している。ピュアなふりして男にすり寄り、女の武器をこれでもかと使ってのし上がろうとする人いますよね。

傾国とは言わぬまでも、女絡みで大失敗してしまう事例は現代でもよく見られます。裕福な高齢の男が、自分の孫ほど年の離れた若い女にメロメロになってしまうといったケース。もちろん当人同士にしか分からない純愛もあるのでしょうが、やはり周りから見ると、どうしても遺産目当てではないかと心配になってしまいます。男からすれば自分の金目当てと分かりきっていても、その本能を抑えきれないのかもしれません。まあ、お互いの利害関係が一致してのことなんだろうから自業自得だわね。

まさに今回は、男の財力を狙った傾国の美女が主人公。損得勘定で付き合い始めたものの、あることがキッカケとなり、最後の最後で真実の愛を知った女の物語です。

主人公の亀菊は、後鳥羽上皇（上皇とは天皇を退位した後の称号）の愛妾。「てか、後鳥羽上皇って誰？　なにした人？　いつの時代よ？　亀菊って誰よ～？」と唸っているそこのアナタ。わたしとおさらいしていきましょう。

まず、後鳥羽上皇が生まれたのは平安末期・治承4年（1180年）。藤原氏の貴族政治（摂関政治）に不満を持った武士たちがどんどん台頭し、平家・源氏の対立間近のあたりでございます。この対立は壇ノ浦の戦いでもって平家が滅亡し決着。その際、当時の天皇だった安徳天皇が入水し崩御したため、3歳の時に天皇に即位。この時はまだ天皇ですね。そして後鳥羽天皇が12歳の時、源頼朝を征夷大将軍に任命し、ここに晴れて鎌倉幕府が誕生いたします。

幕府に政権を委ねることになったわけです。「政治を幕府がやっているということは、天皇はなにやってんの？　政をしてないなら暇なんちゃうの？」。ノン、ノン、ノン！　とってもお忙しくされていたのです。やんごとなき人は普通やらない弓馬の術を極め、エイヤーエイヤーと武術を好み、水練（水泳）を嗜んでは、がっぷり四つで相撲もこなし、ケンケン蹴鞠でリフティング!!

そりゃあ、なかなか筋肉の引き締まったいい体していたんでしょうね～。ここまで言うと単なるスポーツバカかと思われそうなんですが違うんです!!　文武の文のほうにも才能を発揮されているんです。琵琶を弾いては和歌も詠む。はたまた自ら日本刀まで打ってしまう！　「え〜!?　天皇が刀鍛冶に〜〜〜!?」と、なぜ刀を打ったかは、のちほど述べるといたしましょう。

まあ、とにかく歌人としても優れておりまして、教科書で習いました『新古今和歌集』を作らせたお方でもあるんです!!　で、この歌集は『新古今調』と言われ、作風とか調子とか、後世の歌に多大な影響を与えているんですって!!

後鳥羽上皇はこんな言葉を残しているの。

『和歌は世を治め　民を和(やわ)らぐる道である』

要は「文化・芸術の力で世を治めるのが余の道である」と。武力に物を言わせる武家社会への痛烈な批判と言いますか、そういう世であってほしいという願いを持っていたのかもしれませんね。「ちょっと〜、この章のテーマは亀菊の話でしょ？　亀菊の話をしてよ〜!!」。はいはい、そう焦らないでください。まずは後鳥羽上皇を知らないと話にならないんですよ。少々お待ちください。

運命の出会い

さて、建久9年（1198年）。土御門天皇に譲位しまして、後鳥羽〝天皇〟は後鳥羽〝上皇〟となります。とは言ってもまだ18歳の若さでございますから、隠居なんて歳じゃあございません。男の一番元気な年頃でございましょうか？　后もいますけれども后は后、愛人は愛人。一夫多妻制が当然の世でございますから、

「あのおなごもいいのう!!」

「このおなごもソソられるわい」

「わ〜、あのおなごも抱きてぇ〜!!」

文武両道のパワー溢れる上皇様ですから、あちら（女）のほうにも惜しみなく力を発揮!!　ある日のこと。狩りを楽しんだ上皇御一行は、水無瀬離宮に戻ってまいりまして宴を催すことになったのです。食べて飲んで歌って語って♪　でも、なにかが足りない!!　そう、華です。宴の華です!!

「上級の白拍子を呼べー」

「キレイどころをすべて呼べぇ――!!」

まさに酒池肉林の世界でございます。

「1番、〇〇で～す」

「2番、〇〇で～す」

「3番、亀菊で～す」

「それでは、わたしたちの歌と踊りをご覧くださ～い!!」

ウインク、流し目、投げキッス!!　この時、上皇の目にとまりましたのが、瞬殺流し目の持ち主・亀菊だったのです。緑艶（みどりつや）なす黒髪に、透き通るような白い肌。スラッとした細身の体で優雅に舞うその姿は、まるで蝶のよう。ふわ～りふわりと舞いながらも、時折上皇に向けるその視線。その妖艶な瞳に、上皇はすっかり心を奪われてしまう!!

(上皇様、わたしに釘付けのようだわ。目の中にハートマークなんか作っちゃって、うふふふふ。鼻の下まで伸ばしちゃってるわ。わたしのこと気に入ったみたい。うふ、もう少しサービスしちゃおうか・し・ら♡)

と、上目遣いからの～～裾を払って足元チラ見せ!!

「うおぉぉぉ、たまんね――――!!」

こうしてめでたく亀菊は、上皇の愛人となったのでありました。

さて、この白拍子の亀菊。下級役人の娘として生まれたとされております。いくら下級といえども、役人の娘が遊女まがいの職に就くなんて……。今だったらお金欲しさについやってしまう子がいるかもしれませんが、この当時は、そんなことなかったでしょうね。おそらく父親がなにかしらの事情で職を失い、没落してしまったのではないだろうか……。

役人の娘としてそれなりの生活を送っていた娘が、突然家を追われ体を売る仕事に就く。下層階級に身を落とす。これは辛いことですよねぇ。しかしこの亀菊、その辛い境遇に嘆き悲しみ腐るような女じゃなかった!!

(このままでは終わらない。みんなから美しい、キレイな娘と言われているわ。そうよ!　この美貌を武器に、上級の男を捕まえて這い上がってやる!!
必ずセレブになってやるんだ!!)

虫も殺さないような美しい顔の下で、野心の炎をメラメラメラメラと燃やしていた亀菊。みごとに夢を叶えたのでありました。しかし欲望にキリはないんですね〜。一つ叶えばもっと、もっと叶えたくなる!

そんなある夜。上皇様の御寝所でのこと。

「亀菊よ、そなたの舞う姿は蝶のように美しいが、床の上ではワシが蝶となって、そなたの蜜を吸うぞ〜!!　なんと芳しいのだ〜」

「まあ上皇様、お激しいこと……。この亀菊、ずっと上皇様のためだけにここに咲いておりますわ。ですからゆっくり優しくじっくり可愛がってくださいまし」

「なんというおなごじゃ……あぁ〜」

「上皇様、今度はわたくしの番でございますわ」

と言うと亀菊、上皇の上にポジションを変えまして、

「まあ、上皇さまのお体。筋肉が締まってらして惚れ惚れいたしますわ」

触るわ、舐めるわ、吸い付くわ……でもちょっと焦らしてみたりして、あの手この手の手練手管の嵐!!

「おぉぉ〜、たまら〜〜〜ん!!　亀菊よ、ここまでワシに尽くしてくれるとは。なんとも愛おしいおなごよのぅ。なにか欲しい物はないのか？　かんざしか？　白粉か？

それとも着物か？　なんでも言うてみろ」

「まあ、ありがとうございます。かんざしも着物も、もうたくさん頂いておりますから」

「そう遠慮するでない」

「わたくし、上皇様の心を――愛をもっと欲しゅうございます」

「なにを言う。ワシはもうお前にゾッコンなんだぞ。分からぬのかこいつめ。

そうではなく、ワシの心と共にお前が望む物をくれてやるぞ。遠慮はいらない、言うてみろ」

「本当に？　なんでもよいのですね？　本当に？」

と、得意の上目遣い。


「ワシの言葉に二言はないぞ」

「上皇様……わたくし、土地が欲しゅうございます」

「土地？」

「そう!!　荘園(しょうえん)が欲しいの」


「現実的なおなごよのぅ。なぜまた荘園が欲しいんだ？」

「そこに踊りや歌の稽古場を設けたいのです」

「勉強熱心でよかよか～!!　よ～し、くれてやる」

「本当に!?　ありがとうございます。亀菊嬉しい!!

上皇様、ではさっそく土地の権利書を書いてくださいまし♡」

「今か……まだ床(とこ)の上だぞ？　あとで書いてやるから、そう焦るでない」

「いやん。上皇様、思い立ったが吉日と言いますわ。今すぐ書いて！　お・ね・が・い♡」

上皇の太腿(ふともも)に手を滑らせ、瞬殺流し目トドメのウインク！　こうして上皇は完落ち。

亀菊のピロートークはみごと成功し、土地の権利書をゲットしたのでありました。


これを知った亀菊の父親。

「なにぃ？　荘園をもらったとな！　よくやった亀！　でかした亀！

よくハメたぞ亀ー‼　持つべきものは器量のよい娘だ‼」

と浮かれ喜び、すぐに権利書を持ってその荘園の地頭(じとう)のもとへ。

そして権利書を突き出しまして、
「エヘン、今日からここはワシらの土地だ。ワシらが管理することになったゆえ
そこの地頭さん、今日限りここから出て行けー」

そんな話は、寝耳に水の地頭。しかもなんだか怪しげな、どこの馬の骨とも分からないオッサン
が乗り込んで来たので、
「はぁ、まあ落ち着いていただいて。ここはわたしが幕府から公認を得て、
管理を任されております。幕府に確認されていますか？

なにかのお間違いではございませんか？」

「で、で、でもだな……ここに上皇様が書いてくれた権利書があるだろう」

「はあ……しかしここは幕府の土地なんですよ。

よ～くご確認して、出直してきてください」とピシャリ。


さすがは家を没落させるだけの父親でございます。

このオヤジに任せていては埒が明かない。

亀菊は上皇に、
「ねえ、上皇様。せっかく与えてくださった荘園なのに、そこの地頭が意地悪して
なかなか退いてくれないのぉ～。亀～、困っちゃう～。ねぇ、た・す・け・て♡」
と瞬殺流し目からの得意技をかける!!
「そうかそうか、愛しい亀のためじゃ。その地頭に退去命令を出そう」
と鶴の一声。

あ～よかった。これで一件落着……と思いきや、

「わたしは幕府から命を受け、ここを任されております。

命令を出すなら幕府に出してください」

と、またもや地頭が正論をピシャリ！

そこで「なにを〜!?」と感情的にならないのが、さすが上皇様でございます。「そう言われれば、それが筋かな」と、今度は幕府の執権・義時に命令書を送ります。この時、鎌倉幕府三代の将軍・実朝が暗殺され、政治の実権は北条義時が握っていたんです。これが執権政治ってヤツ。鎌倉から遠く離れた西国の地方の荘園のことなので、すんなり「承知しました」となると思いきや……

「ノー!!　不可!!　なに言っちゃってんの!?
あそこは頼朝様からいただいた土地。上皇様の命令を受けることはできまっせん!!」
この返事に烈火の如く怒ったのが後鳥羽上皇。

「な、な、なにを――!!　あの田舎侍の北条義時め！
ワシに逆らうとは調子に乗りおって――!!　今に見ておれ……」

「ちょっと待って、荘園ってなに？　地頭ってなに?」と、頭の中がポカンとしているそこのアナタ。
一緒におさらいしていきましょう。

荘園というのはザックリ言いますと貴族や寺院の私有地。で、地頭というのはその管理人といったところでしょうか。年貢の取り立てと治安維持が主な仕事。年貢の管理をすることで、年貢の一部を自分の利益にすることができました。荘園をたくさん持っていれば、そのぶん年貢は増え、裕福になれるわけです。のちにこれが土地の奪い合いとなり、戦国時代へと繋がっていくんですね。

鎌倉幕府となり、荘園の多くは幕府が管理することになりました。地頭としてそこの管理を任されたのが御家人たち。平家を倒しましたから、西国にあった平家の荘園にも地頭を送り込みます。こういう関係を鎌倉幕府の特徴である『御恩と奉公』というわけです。土地の管理権を与えるから、いざとなった時には兵士として戦ってねという、ホントざっくり言うと『ギブ＆テイク』ってヤツです。

このように幕府から送り込まれた地頭のいる荘園では、今までのような年貢（寄進料）が見込めなくなるわけです。つまり、お金が入らなくなっちゃう……ということ。

承久の乱

もともと鎌倉幕府に対してよく思っていなかったところに、亀菊にあげたこの荘園の一件。そして源氏の三代将軍・実朝が甥に暗殺されて源氏宗家は滅亡。

源氏はもともと天皇の親戚筋なんですね。それが途絶えたとなれば、これは朝廷に実権を戻すチャンスであります。これを絶好のチャンスとみた後鳥羽上皇は、承久3年（1221年）、北条義時討伐令を下し、北面の武士たちをはじめとする有力御家人を集め、挙兵したのでありました。

「朝廷相手では北条義時も恐れをなしておるであろう。むは、むは、むはははは〜。へっ、勝ったも同然じゃ。うむ、亀菊よ。戦勝の前祝じゃ。ひと舞い、踊ってくれぬか？」

「上皇さま、喜んで」

亀菊は勝利を祝福する舞を踊りました。

そうなんです。朝廷に歯向かって戦を起こしても、それまでの歴史上、勝ったためしがない。つまり朝廷は負けなかったんです。だって天皇・上皇という古代から続く朝廷が討伐に来るんですよ？　幕府の御家人たちは、そりゃあもう「やべーよ、やべーよ」と出川さんバリにビビりました。

ですから朝廷に寝返る御家人が続出!!　この危機に立ち上がったのが、北条家のラスボスこと北条政子だったのです。北条政子の章でも述べましたが、ここで御家人たちを前に名演説を繰り広げたのでありました。今のようにマイクやスピーカー、拡声器なんて物は無いですから、おそらく文書であったと言われてるんですが……。

「頼朝殿のおかげで皆の地位も上がり、土地も増えましたね。頼朝殿の御恩は山よりも高く、海よりも深い。今こそ、その御恩に報いる時です!!」

う〜ん、説得というか、恩着せがましいというか、「今があるのは誰のおかげと思ってんの?」という脅しのような……。ラスボスのやることはスケールが違います。なんと、この演説によりまして最初は18騎だった軍勢が、百となり、千となり、あっという間に五千となった。さらに五千に五千、また五千と、最終的には19万の軍勢へと膨れ上がったのです。

ラスボスのパワー・圧力ハンパないっす!! この多勢な幕府軍に、上皇軍は大敗を喫してしまったのでありました。これにより武家と朝廷の力関係が逆転し、北条氏が完璧に実権を握る時代へと移っていくのです。この承久の乱を機に完全に武家政権へと変わっていったんですね。日本の歴史においてかなり重要な戦いであったのよ!!

上皇の敗北を知った亀菊は、

「えーと、えーと……上皇様が負けたということね。えーと……上皇さまから貰った土地はどうなるのかな……」

「全部没収!!」

「あっ、そうなんだ……えーっと、上皇様はどうなっちゃうのかな……」

「命は助かるが、遠島(えんとう)!!」

「えーと、遠島!?　……そんなの、ありえんとう、、、」

「…ムカつくぐらいくだらないから、お前も一緒に遠島!!」

と言ったかどうかは分かりませんが……。


こうして上皇は隠岐(おき)の島へ流され、上皇の愛妾である亀菊も一緒に流されたのでありました。島に向かう船の上で、亀菊はなにを思ったのでしょうか。

(こんな……こんなはずじゃなかった。上皇様から貰った土地の収入で末永く優雅に暮らすはずだったのに。なんでなんで、なんで負けたのよ……。上皇様のバカ、バカ、バカ〜〜〜!!　てか、なんで上皇様に見初められちゃったのよ。も〜う、わたしのバカバカバカ〜ッ!!)


自分の人生を悔やんでも悔やんでも悔やみきれません。

上皇様だって、さぞ無念であったでしょう。自分の運命を呪ったことでありましょう。この時、このような歌を詠んでいます。

『とにかくに　つらきはおきの　しまつ鳥
うきをばおのが　名にやこたえむ』

雅を極めた御所から一転、雅の欠片もない静か〜で質素な貧しい島の暮らし。上皇様もさぞストレスフルになり荒れに荒れ、果ては屍のような人間になってしまった……かと思いきや、さすがは文武両道。選ばれしお方は違うんですね。島の暮らしに腐ることなく嘆くことなく（最初のうちは少しあったでしょうが）、むしろ島の暮らしを楽しむのです。海を眺め、花を愛で、天の恵みを食し、子どもたちと戯れ、朝は念仏を唱え、そして歌を詠む。また、刀鍛冶を本土から呼び寄せまして刀を作ったり……。はーい、ここで刀が出てまいりました!!

壇ノ浦の戦いで安徳天皇が入水し崩御されましたが、この時、三種の神器と共に入水されたのです。のちに鏡と勾玉（まがだま）は見つかったんですが、刀だけはどうしても見つからなかったんですね。ですから後鳥羽上皇が天皇に即位した時、三種の神器が揃っていなかった。つまり、刀が無いままで即位したんですね。

そのことに対するコンプレックスがあったのかもしれません。だから上皇は誰よりも刀にこだわり、刀を愛した。ゆえに自分で刀を作ったのでしょう。ひと槌、ひと槌と自分で打つ。1年が経ち、2

年が経ち、5年・10年と経ったが、いつ都に帰れるのか分からない。刀をひと槌、ひと槌と打つことに没頭することで、その思いを消そうとしたのかもしれません。この上皇の姿を見て、亀菊の心も変わっていきました。

（都を追われ、一番辛いのは上皇様。そんな上皇様は、その日その日、その一瞬一瞬を感謝して生きている。いや、生かされることに感謝して生きている。今まで成り上がることしか頭になかった自分の、なんと浅はかなことよ……）

都にいた時は、上皇様のことを最高・最強のパトロンとしか思っていなかった亀菊でしたが、隠岐の島に来てなにも無くなった上皇様。しかし上皇様は、富や名声が無くなっても心豊かに生きている。そのお姿を見て心から尊敬し、愛するようになったのではないでしょうか。

都へ帰ることはついぞ叶わず。後鳥羽上皇は延応元年（1239年）、隠岐の島にて崩御。享年60。ご遺体は火葬されまして遺骨となり、やっと京へ戻ることができたのでありました。

亀菊は上皇様が亡くなる日までずっとそばに寄り添い、遺骨となった上皇様と共に京へと戻って来たのでありました。富や名声、これに惹かれて始まった上皇様との関係でございますが、すべてを失った時、初めて上皇様に対して本当の愛が生まれたのであります。

上皇は自作の刀に銘は入れず、十六弁の菊紋を彫り込んだのであります。これは水無瀬離宮に咲いていた菊を思って彫ったのか、はたまた亀菊の菊を想って彫り込んだのか……。

最後の最後に本当の愛を知った傾国の美女、亀菊の一席でございました。

第2章

戦国～江戸時代

夫からも領民からも愛された国母

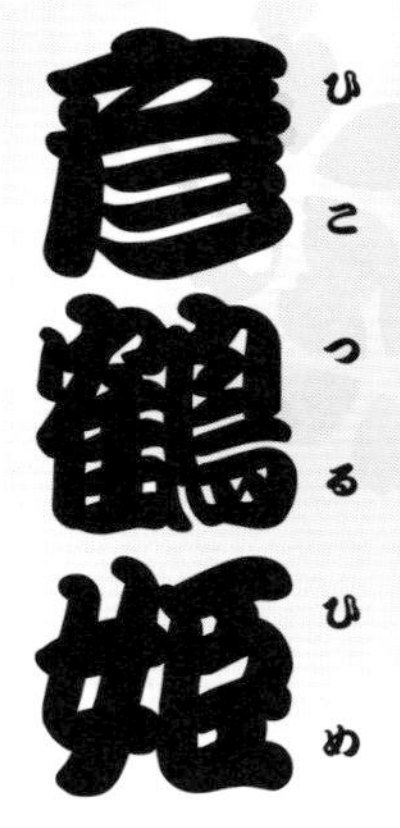

生年－天文10年（1541年）

没年－寛永6年（1629年）

領民から国母と慕われ、今も佐賀県民から愛され続けている彦鶴姫。夫である戦国武将・鍋島直茂とは、イワシが縁で結ばれた──

イワシが結んだ縁

この章で語りますのは「イワシを大量に焼かせたら右に出る者はいない!!」と言われる女性・彦鶴姫。「えー、なにそれ？　スーパーの話？」。ノンノンノン！　れっきとした戦国武将の妻であり、のちに鍋島藩の国母と崇められるほどの人望厚き「スーパーデキる女」なんです。

よく「一事が万事」と言いますが、まあ家族4人ぶんのイワシなら誰だって焼けるんですよ。しかし一度に大量となると、やっぱりこれは機転とか理系的な思考、頭が良くなきゃできないのよ。しかも、そのイワシ焼きで見初められて、永遠の愛までゲットしちゃうの!!　イワシが取り持つ縁ってなんか生臭そうですけど、とても清々しいお話です。

さて、この彦鶴姫が生まれたのは天文10年（1541年）。肥前（現在の長崎・佐賀県）の熊と呼ばれた龍造寺隆信の家臣で飯盛城主、石井常延の次女として生まれます。天文6年に秀吉が生まれ、天文11年に家康が生まれています。ですから、戦国時代の真っ只中に生まれ、生きた女性なんですね。まずはこのあたりの歴史背景をざっくりと申し上げます。

彦鶴が20歳頃の九州というのは9つの国がひしめき合っていたんですが、九州の約三分の二を大友宗麟が掌握しておりました。弱小だった龍造寺家ですが、勢力拡大に大奔走し、メキメキと力をつけていきます。これを危険視した大友宗麟は、龍造寺討伐へと動くのです。

元亀元年（1570年）、今山の戦いが勃発。龍造寺の佐賀城を取り囲む大友軍勢は6万超。対して龍造寺は5千。籠城戦に持ち込むフリをして、大友軍に夜襲攻撃（ゲリラ戦）をしかけてみごと勝利。この夜襲作戦を提案し、先陣を切って大きな働きをしたのが鍋島直茂。のちに彦鶴姫の夫となる人物です。まあ、ざっくりと直茂のプロフィールを申し上げますと、天文7年（1538年）に鍋島清房の次男として生まれまして、龍造寺隆信の実母が清房と再婚したため、隆信とは義兄弟という関係。以降、隆信の右腕として活躍していくのです。

さぁ、今山の戦いに勝利を収めました龍造寺一行。城への凱旋途中、大働きをしたものですからお腹が空いております。そこで石井家が守る飯盛城へ立ち寄ったのです。

「石井殿、すまぬが戦のあとゆえ、皆腹が減っておる。なにか飯を恵んでくださらぬか？」

「ははーっ、かしこまりました！　すぐにご用意いたします」

「飯を炊けー」、「イワシを焼けー」と侍女たちに命令いたします。「ははーっ、かしこまりましたー」と、侍女たちは総出でありったけの七輪を出しイワシを乗せ、うちわでパタパタと焼きはじめます。まあ、しかし七輪の上に乗せられるイワシの数ってのは2匹とか3匹がせいぜいでございましょう。

ですから一度にそんなに焼けないわけでございます。兵士はもう何百人といるわけですから、なかなかみんなにゆき渡らない。時間がかかる。

どんどんお腹が空いてくる。はじめのうちは飯を恵んでもらう立場ですから、おとなしくしておりました兵士たちも、なかなか焼きあがってこないので、どんどんお腹が空いてイライラ。そしてイライラは最高潮に。

「まだかな〜」
「まだですか〜？」
「ねえ、まだ〜？」
「あー腹減った、まだかよー!!」

と、やんややんやのクレームの嵐！

「はい、ただいま！　いま焼いておりますので、少々お待ちを〜」
「煙じゃ腹はいっぱいにならねぇんだよ、早くしろよ〜」
「はっ、かしこまりました！　すみませ〜ん」

と、汗をタラタラタラタラ流しながら侍女たちは働きますが、やんややんやと責められますと気持ちも急（せ）いてまいりまして手元が狂い、せっかく焼きあがったイワシをポトリと落としてしまうという負のスパイラル！

と、その時です。後ろから颯爽と出て参りました1人の女。

「イワシのことなら私に任せなさい‼」

「ひ、ひ、彦鶴姫〜〜〜‼」

「七輪でチリチリ焼いてたら、イワシが焼きあがる頃には

みんな干物になってるわよ！　いいこと？　炭を全部庭へ運んで広げて、

その上にバーッとイワシを乗せて、直火で一気に焼くわよ〜‼」

「は、はい〜〜〜」

「それから大うちわを持って来て！　それで扇いで火力を一気に上げて――」

「は、はい〜〜〜」

するとどうでしょう。チリチリの炭から轟々と火が立ち上りまして、イワシの脂がパチパチと音を立て、こんがりジャンジャン焼きあがったのです！

「まあ、美味しそうに焼きあがったわ！　さあみなさん、お待たせいたしました！

たんと召し上がってくださいい〜」

「おお〜、美味い！　こんな美味いイワシは初めてだー!!　焼き方が抜群だー!!」

「イワシというのはDHAが豊富なんです。

これを食べて、疲れた脳の血の巡りをよくしてくださいまし。

それからですね、またタウリンも豊富なんですよ。

ですから戦で疲れた体の回復にも、もってこいなんです！　た〜んと召し上がれー!!」

「彦鶴殿はイワシについて詳しいんですのう」

「イワシだけに、ちょっと言わしてもらっちゃいました……テヘッ」チャンチャン♪


この彦鶴の手際のよいイワシ焼きの差配（さはい）に感動し、圧倒され見とれておりました1人の男。

「なんと大胆で機転が利いて賢いのだ。

そしてなにより機敏に働くあの姿！　なんと美しいのだろう!!」

と一目惚れ！　この男こそ、先ほど述べました鍋島直茂。

「彦鶴姫こそ我が妻に相応しい女性だ」

とゾッコン・ラブよろしくビビビッときてしまった直茂。寝ても覚めても頭の中は彦鶴、彦鶴、彦鶴、彦鶴……もうその想いを抑えることはできなくなってしまったのです。

執拗な夜襲攻撃

直茂は彦鶴に会うため、遂に皆が寝静まった真夜中、城にこっそり忍び入ったのです。「……それって夜這いちゃうの？」まあ、そのようなもんですね。

床に就いておりました彦鶴。と、その時です。

なにやらガサガサッと庭で音がしたものですからハッと起き上がり、

「なに者じゃ⁉」

「あの……あっ、私は怪しい者ではございませんのでどうぞご安心を」

「なに？　夜中に忍び込んで十分に怪しい者ぞ！　名を名乗れ‼」

「失礼いたしました。あの……龍造寺の家臣・鍋島直茂にございます」

「鍋島直茂殿？」

と彦鶴はスッと戸を開け、

「夜襲の名手という鍋島殿ではありませんか」

「はっ、まぁその……夜襲攻撃が某（それがし）の十八番です。

よって今日もここに夜襲を仕掛けてしまいました、テヘヘ」

「くだらぬご冗談を。夜中になんのご用でございますか？」

「実は手前、先日彦鶴姫がイワシを焼いている……その差配している姿に心奪われてしまったのです。惚れてしまったのです！　あなたのことを想うと居ても立ってもいられないのです。どうか、どうか、私の愛を受け入れてください！」

「なにを申しますか……あなた様には奥方様がちゃんとおられるではありませんか。おふざけになるのもいい加減になさいませ」

「手前、マジです。ガチです！　本気です!!」

「いま、あなたは〝イワシ熱〟にかかっているだけです……落ち着いてください。今日のところはこのまま静かにお帰りくださいまし。このことは誰にも言いませんから」

「分かりました。でも、あなたにこの想いを伝えることができてよかったです！　それでは……」

直茂の後ろ姿を見送った彦鶴。

「はぁ〜やれやれ、まったく。イワシを焼いている姿に惚れる男が現れるとは、世の中変わった男がいるものよのぅ」

その翌日もまたもや直茂は夜襲をかけてきた。次の日も、そのまた次の日も……。そんな夜襲が続いたある夜のこと。直茂が忍び入っているのが、石井家の番人に見つかってしまったのです!!

「曲者〜、曲者が侵入したぞー!! 捕まえろー!!」

ヤバいと思った直茂、塀を乗り越え逃げようとする!!

「おのれ曲者ぉ〜!」

番人が刀を振りかぶり、塀に上がった直茂に向けて振り下ろす!! まさに絶体絶命。しかし身軽な直茂。その刀を躱(かわ)した……と思いきや、刀の切っ先が直茂の足裏を斬り込んでしまった!

「うわぁ〜〜〜〜〜!!」

しかし百戦錬磨のこの男、そんな傷ぐらいではひるみません。斬られた足を引きずりながらも逃げおおせたのでありました。

まあ、しかしこの直茂。彦鶴への想いは本気だったようで、足裏に傷を負っても夜襲をやめない。これにはさすがの彦鶴も根負けしまして、ある夜、直茂を招き入れたのでありました。

「ほんにあなた様も執念深いお方と見えます。足に傷を負ったというのに、懲りないいんですから……」

「ハッハッハッ。何度も言いますが手前の気持ちはマジです、ガチです、本気です!!」

「ふふふ、面白い方ね……夜襲の名手が夜襲されてしまっては、名手の名前返上ですわね」

「いや〜、夜襲には自信があったんですが、
どうやらあなたを前にして心に隙ができてしまったようです」

「ふふふ、隙ね」

「はい、スキです……好きです、彦鶴姫様が好きなんです！

どうか某の妻になってくだされ!!」


「はあ？　あなたには奥方様が……」

「離縁いたします!!　某にはあなたのように賢くて機転が利いて
心の大きな女性が必要なんです！　どうか、どうか妻になってくだされ!!」

「本当に本気なのですか？　その言葉に嘘は無いのですか？」

「男に二言はござらん!!」

そしてニヤッと笑うと2人同時に、

「マジです、ガチです、本気です!!」

「ですね？」

「ハッハッハッハッハッハッ」

ライバルへの気遣い

こうして直茂の努力が実を結びまして、２人は晴れて夫婦となったのでありました。この時、直茂32歳、彦鶴姫29歳です。当時としては、なかなかの熟年婚と言えますね。愛しの彦鶴を妻に娶り、彼女の内助の功もあり功績をたくさん挙げ、メキメキと頭角を現していきます。そして2人は４人の子どもを儲け、この上ない幸せに包まれておりました。

しか〜〜〜し!!　これに納得いかないのが直茂の前妻・慶円であります。

「くっそ〜、あの泥棒猫め！　私から直茂様を奪いおって！　許してなるものか〜〜〜!!」

親戚・仲間を集め、ほうき・はたき・鍋蓋・すりこぎ棒を掲げ「おんどりゃあ〜〜〜」と彦鶴を襲撃!!　女の夜襲勃発〜〜と思われますが、これ中世によくありました「後妻打ち」と言うもので、離縁された前妻が後妻を妬み襲うものでございまして、日時や手にする武器をあらかじめ先方に伝えて行います。

ですから後妻のほうも準備・応戦ができますので、とってもフェアな戦いでございます。

「おんどりゃぁ～～～!!　みんな、打ちのめせ～～～!!」

と、頭に血を上らせ攻めてきた慶円。

これに対して、ほうきを持った彦鶴が「なにを～この寝とられ女め～！　悔しかったらかかって来やがれ～～～!!」と応戦するかと思いきや、平身低頭に対応します。

「まあまあ、ようこそこのようなところにおいでくださりました。

さぞかし喉が渇いたことでございましょう。お腹も空いたことでございましょう。

わたくしの得意料理がございます。どうぞイワシをお召し上がりくださいませ。

さあ、ご遠慮なさらず。どうぞ、どうぞ、どうぞこちらへ」

こんな丁寧に丸腰で出られては、前妻の慶円も出端(でばな)をくじかれてしまう。先ほどまでの勢いはどこへやら。振り上げたほうきを、下ろさざるを得ません。

「さぁ皆さん、早くイワシをお出しして、それから先だって頂いたあの美味しいお酒をお出しなさい。ほらあの『鍋島』というやつ。純米大吟醸の（この頃はないと思うけど）。

ほら、早くお出しなさい！」

と指示を出しながら自らお酌をして回る。

「こんなことでわたしらを取り込めると思うでないぞ！」

「そんなつもりは毛頭ござりませぬ。『腹が減っては戦はできぬ』ですよ。

まずは召し上がってくださいませ」

人間、美味しい物を頂いて満腹になりますと、心も満たされてしまうのでしょうか……。

「いや～、美味しかった～!! イワシの塩焼きに日本酒は格別だわね!!」

「お粗末様でございました。こんな料理しかございませんが、また食べにいらしてくださいまし」

「えっ、いいんですか？ ありがとうございます。ホントに今日はありがとうございました～～～♪」

と、満足げに帰っていったとか……。イワシを食べさせ怒り心頭に発していた前妻にここまで言わしめるんですから、アッパレ彦鶴!! ってかイワシの力、ハンパないです……。

男を振り向かせる恋愛格言『やきもち焼くなら イワシ焼け!!』

命をかけてのお断り

この機転と人の心を掴む術は、内助の功としても活かされます。天正12年（1584年）、沖田畷（おきたなわて）の戦いで主君の龍造寺隆信が討ち死にし、大敗を喫します。鍋島家はもちろん、彦鶴姫の実家である石井家も多数の戦死者が出たのです。


すると留守を預かっていた龍造寺の家臣たちは、

「殿が討ち取られたそうだ」

「なんだって!?」

「死者がたくさん出たらしい。もうこの国ヤバくね？」

「ほかの国へ鞍替えしたほうがいいんじゃねーか？」

「そのほうがいいかもしれないぞ！」と、動揺が走ったのです。


そこで彦鶴はお悔やみの書状を各方面に送り、家臣の動揺を抑え結束が揺るがないようにしたのです。夫の不在中、自らの判断でこの行動に出たわけですが、しっかりと戦国武将の夫をサポートしたんですね〜。

そうこうするうち秀吉が天下を統一し、次の一手として朝鮮出兵を決行。となりますと夫の直茂も朝鮮へと出向くわけでございます。大将の秀吉はと言いますと、佐賀にあります名護屋城に滞在。秀吉と言えばキング・オブ・好色!! 家臣の妻であろうが、なんであろうがお構いなし。気に入った女は逃さない!!「なんか嫌な予感……」そうなんです。秀吉の魔の手が彦鶴に忍び寄るのです!! 直茂が異国で必死に戦っているその最中に、秀吉から彦鶴に名護屋城へ出向くようお呼びが掛かったのです。

彦鶴の貞操の危機でございます。まずは北政所の側近を通してやんわりと断りを入れましたが、それでも再び秀吉からお呼びが掛かった。

「どうしよう……どうやって断ろうかしら。あの猿のご機嫌を損ねたら夫の身が危ないし。あ〜、どうしたものかしら………そうだ！ ここは伝家の宝刀・イワシでもてなそうかしら!? ……いや、猿の好物はバナナよ。形は似ていてもイワシは食べないわね。どうしたものかしら。……こうなったらイチかバチかやるっきゃない!!」と、覚悟を決めた彦鶴。

秀吉は美しい女が好きと聞く。ならばう〜んと醜くしてやれと、なんと額の両端をバリバリバリッとソリコミよろしく刈り込んだ〜〜〜!! 髪は女の命と言われた時代にですよ！ 命を賭してお断りしますと、暗に伝えたかったのかもしれませんね。

ヤンキーでもやらないこの鬼剃りをキメ、白塗り厚化粧で来られちゃ〜、さすがの秀吉も気色悪く思ったのでしょう。以来、声が掛かることは無かったようでございます。こうして彦鶴の機転というか体を張ったパフォーマンスにより、直茂への忠愛は守られたのでありました。

このの ち直茂は鍋島藩の藩祖となり、その地位を盤石なものとしていきます。その陰には彦鶴の機転とサポートがありました。彼女なしにはこの栄華はあり得なかったと言えましょう。直茂は彦鶴を始終「かか、かかあ」と言って頼りにし、仲睦まじく暮らしたそうです。そして直茂が亡くなりますと彦鶴は飾り（髪の毛）を下ろし、陽泰院（ようたいいん）と名乗ります。領民からの信頼も厚く、国母様として慕われました。

現在、2人は鍋島家の菩提寺に寄り添うように並ぶ墓石の下で仲良く眠っております。しかも陽泰院の墓石は直茂が朝鮮出兵の際、陣中で枕にした石なんだそうでございます。

政略結婚が当たり前の戦国の武家にあって恋愛結婚を見事成就させ、最後までラブラブであった直茂と彦鶴の一席でございました。

天下一のじゃじゃ馬姫

小松姫（こまつひめ）

生年－天正元年（1573年）
没年－元和6年（1620年）

猛将・本多忠勝の娘にして、家康にも遠慮なく物を言うじゃじゃ馬娘。しかし運命の出会いを経て、武家を守る妻へと成長を遂げる――

公開オーディション

小松姫は、天正元年（1573年）、徳川四天王の1人、本多忠勝の長女として生まれます。幼名は稲姫。名前の通り、すくすくと元気な美しい姫へと成長します。

ところが！「実るほど頭を垂れる稲穂かな」とはいきませんでした。というのもこの人、気持ちがいいくらいの女王様気質だったのです！

「わたしは徳川四天王・十六神将・徳川三傑に数えられる本多忠勝の娘！　よろしく〜!!

わたしの特技は武芸よ。エイヤア、エイヤアってね♪　そこらの男には負けたことないわ！　みんな弱いし、なんだかパッとしないのよね〜。どこかにわたしの眼鏡にかなういい男いないかな〜。

あっ、そうそう。最近、パパと家康オジサマが、嫁入り先を考えているらしいんだよねぇ〜。まったく、どんな男を見繕っているんだか。わたしね、パパと家康オジサマに言ってやったの。『最終審査はわたしがするからね!!』って。自分の夫くらい自分で探すっつ〜の！」

さてこちらは父親の本多忠勝。以前より真田家の軍略に惚れ込んでいました。と、同時に恐れを抱いていたのも事実。

「真田家を敵に回すのはまずい。味方につけたほうが徳川のためじゃな……。

そうだ、うちのじゃじゃ馬を真田家に送り込もうではないか！」


こうして家康の快諾を得て、真田家に婚姻話を持ち込んだのですが……。


「本多家と真田家では格が違うわい!!」と、一蹴されてしまいます！

顔に泥を塗られた忠勝、顔を真っ赤にして家康に報告します。


「く、くっそ———!! 真田め、生意気な！

殿!! かくかくしかじか……

こういうことでございました。どういたしましょう？」

「フッフッフッ。さすがは真田、こちらの思惑を読んで強気じゃのぅ。ならば、その上をいけばいい。

小松をワシの養女にするのじゃ！ そして、ワシの娘として改めて婚姻の話を持っていけ!!

さすれば向こうも文句は言えまい」

「なるほど～～～。さすがは殿!!」


さて、これを聞いた小松姫。

「家康のオジサマの養女になるのはいいんだけどねぇ～。その真田某だかなんだか知らないけど、わたし一本釣りは嫌よ！　最終オーディションには何人か候補を挙げて！　じゃなきゃ養女になりませんん!!」と、わがままぶりを発揮して2人を困らせます。天下の徳川家康もポツリと「まったく、こ、ま、つ、姫だ」と、言ったかどうかは分かりませんが……。

さぁ、こうして夫選びの最終オーディションの日がやって参りました。諸大名の息子たちが一同にズラーッと居並んでおります。

「おい、あれが小松姫の旦那候補たちだろ？」

「そうそう。小松姫って言えば、あの本多忠勝の娘。しかもめっちゃキレイらしいぞ！」

「家柄もルックスも抜群だなんて羨ましい～～～！　俺も逆玉に乗りたいもんだぜぇ！」

ギャラリーもザワザワと盛り上がっております。

と、そこへ現れた小松姫!!　さすが女王様、顎をちょいと上げ「わたしが姫よ！」とでも言わんばかりの雰囲気。ツンとしていて近寄りがたいオーラをバンバン放っております。お座敷に優雅に座ると、またもや優雅に礼をします。

「最終オーディションに残ったみんな、今日はご苦労様。

わたしがあの有名な本多忠勝の娘です。どうぞよろしく」

小松姫はやおら立ち上がり、ずかずかと前へ出てきます。ある男の前で立ち止まると、なにを思い立ったか、その男の〝まげ〟をむんずと掴んで持ち上げ、顔をまじまじと覗き込みました。

「う～ん。なーんか、日光の手前イマイチ（今市）……」

そして隣の男の顔へ。

「こっちは？　う～～ん……イマニかな。どれどれこちらさんは？　う～～ん、イマサン！　こっちにいたってはイマイチにも満たない今半（イマハン）……って、しゃぶしゃぶじゃねっつーの。なんだか最終オーディションだってのに、いいのいないいなぁ～!!」

次々と武士の〝まげ〟を引っ掴み、顔を覗く小松姫。

「次の人は……嫌だ！　顔薄っす～！」

「うわっ！　こっちはゲジ眉」

と言いたい放題、やりたい放題の姫!!

そして、最後の男の〝まげ〟を掴んだ時でございます。

「無礼な!!」と扇子で手を払いのけられた！

そしてこの男、キッと小松姫を睨み、

「あなたは女として、人間として、なんて無礼なことをするのですか！　恥を知るがいい!!」

と言い残し、荒々しく立ち去っていったのであります。あまりの突然のことに驚く小松姫！

「……え？　な、なに……？　一体なにが起こったの……？」。唖然とする小松姫。

そんな彼女を見て、ざわつき始めるギャラリーたち。ザワザワザワ……。

「みんな静かになさい!!　笑うなゲジ眉!!」

と叫びますが、騒ぎは収まりません。


ザワザワザワザワザワザワ。


「う～～っ！　うるさ――――――――――――い!!」

いたたまれずその場を飛び出していったのでありました。

心のざわめき

さて、その日の夕刻。たった1人、庭でぼんやりする小松姫。
「ちくしょ――――！　わたしに恥をかかせおって……!!」
しかし、表情はみるみるうちに曇ってきます。
「……って、そうだよね。……わたし、男の人たちに無礼なことやってたんだよね。
わたし、調子に乗ってたのかなぁ……。『恥を知れ』か……。ぐすんぐすん……。
なんだか、なんだか、悲しくなってきちゃった。え――――ん、え――――ん!!」
それから部屋にこもり自問自答。
「でもわたしにあんなこと言ってくれたのは、あの人が初めてだわ。
パパや家康オジサマですら、遠慮してなにも言ってくれなかったもの……。
あの人、一体誰だったのかしら。なんだろう、気になる……。
なんだこの心のざわめき。あの人にもう一度会ってみたい!!」

このモヤモヤした気持ちが、次第に恋心に変わっていきます。

「パパ！　あの日、わたしの手を払いのけた人は誰？　誰なの？」

「ムム、なぜそんなことを聞くのだ？　まさかお前、闇討ちをするつもりではないだろうな!!」

「ううん。わたし、あの人にならついていけると思う。

……って言うか、あの人となら一緒になれると思うの!!」

「な、なんじゃと!?　あの男と一緒になりたいとな？　あれは真田家の嫡男・信幸（のぶゆき）じゃぞ！

いや～ホントよう言うた、よう言うた！　これで真田家を取り込める！

バンザーイ、バンザーイ、バンザーイ!!」

父の大騒ぎを横目に、小松姫はもう信幸のことしか考えられません。

「あ～あ、真田信幸様……♡　パパ、わたくし小松は今日をもって

女王様から普通の女の子に戻ります!!」

こうして小松姫は家康の養女として真田家に嫁いでいったのでありました。

当時、信幸24歳、小松姫17歳！　ここで気になるのが信幸の気持ち。「あのじゃじゃ馬が嫁に来る？　でも、あのくらい強気な女のほうが、武将の妻には向いているかもしれん」と思ったのかも

しれませんし、「徳川と太いパイプを作っておくのも悪くない」と打算的に考えたのかも。戦国の世を生き抜くには当然の考え方ですけどね。

無事に祝言を挙げた2人。子宝にも恵まれ、平和な時を過ごしていたところに、天下人・秀吉が死去したとの知らせが届いたのです。誰が次の覇権を握るのか、陰謀が渦巻きはじめます。

じゃじゃ馬から良妻賢母へ

そうこうするうち時は慶長5年（1600年）。徳川・真田家にとって大きな事件が起こります！石田三成が徳川に対して挙兵!!　天下分け目の大戦「関ヶ原の戦い」が勃発したのであります!!

この時、真田家は東軍・徳川方についたのですが、実は豊臣家にも恩義があります。そして当主である真田昌幸（まさゆき）の妻と石田三成の妻は姉妹で、嫡男である信幸の妻は徳川家康の養女。さらに次男・信繁（のぶしげ）（のちの幸村）の妻は、西軍武将・大谷吉継（おおたによしつぐ）の娘……うお～っ！　なんなんだ、この複雑な親戚関係は～!!　ここで真田家、どちら側につくのかはっきりさせなければなりません！

そんなある夜のこと。小松姫が難しい顔をしている信幸に優しく話しかけます。

「あなた様、なにか悩み事でも……?」

「太閤が亡くなり、今は大変なことになっている。どうしたものかのう」

「これからの世は、おそらく徳川家の時代になりましょう。

わたしはこの戦、家康オジサマが勝つと思います。三成様は天下を取れる器ではございません。

どうか東軍におつきください。あなた様はこれからの世に必要なお方。

負けると分かっている戦をしてほしくはありません。

この戦国の世を、ぜひ生き抜いてくださいまし!!」


じゃじゃ馬から凛とした武家の妻へと変貌を遂げた小松姫。女というのは、男によってずいぶんと変わる生き物でございます。わたしの周りにも、暗～い性格の子が電器屋さんと結婚して明るくなったり、不精だった子が豆腐屋さんと結婚してマメになったり、はたまた超マジメな子がパイロットと結婚して非行(ひこう)に走ったり……。

上杉討伐に向かう途中、真田家の当主・昌幸は、信幸と信繁を呼び会議を開くことにしました。西軍か、東軍か――。どちらにつくか厳しい決断の時が迫っていました。この会議の結果、昌幸と信繁は西軍。嫡男の信幸だけは東軍につくことになってしまいます。これがかの有名な『犬伏の別れ』。この決断は「どちらが勝っても真田の名が残るように」という、昌幸の願いからと言われていますが、わたしが思うに、信幸の自主的な発言があったのではないでしょうか。そしてその陰には、妻である小松姫の助言があったのかもしれません。


さて、西軍につくことになり上田へと向かう昌幸と信繁。

「おお、そうじゃ信繁！　もう会えんかもしれんから、最後に孫の顔を見ていこうではないか」

「はっ、かしこまりました。では沼田城に寄りましょう。兄上はいませんが、小松殿はおられるでしょうから」


呑気に沼田城までやって来た2人。

「小松殿！　昌幸じゃ！　門を開けてくれんか――!!」

すると、驚くべきことに……!!　完全武装した小松姫が登場！　そして同じく完全武装した侍女たちが、城壁の上にわらわらと出てきます。そして、ずいっと槍を突き出すと、

「わたしたちはすでに敵・味方の間柄!!　敵となった以上、父上様と言えども門を開けるわけには参りませぬ!!　どうしても孫たちに会いたいとおっしゃるなら、このわたしを倒してからお行きなさい!!」

と言い放ったのです！　さすがは元女王様、性根が据わってます！

その勢いに押された昌幸と信繁、近くの寺へと駆け込みます。

「父上、あの美しい顔が、まるで般若か鬼軍曹のようでしたな。あんな女では、兄上も尻に敷かれているかもしれませんなぁ」

「ハハハ！　恐るべきおなごよのう！」

そんな噂話をしているところに、その般若が再び現れます！　驚いた昌幸と信繁。慌てて刀に手をかける。その刹那、小松姫の槍が一直線に飛んできて、「真田の首、討ち取ったり～!!」なんてことはありませんで、先ほどの般若の顔とは打って変わって優しい女神のような微笑みをたたえています。実はこの時の小松姫、お城には内緒でこっそりやって来たのでした。

「先ほどは失礼いたしました。父上様、この乱世の世、今度いつお会いできるか分かりません。さあ、孫の顔を見てやってくださいまし」

彼女の後ろには、まだ幼い子どもたちの姿が。これには昌幸、信繁も驚きました。

薄っすらと涙を浮かべる昌幸。

「さすがは本田忠勝の娘にして家康公の養女。武家の妻の鑑じゃ。ありがとう。

信幸には過ぎた嫁じゃ。……信幸をよろしく頼んだぞ」
「かしこまりました。一所懸命、支える所存でございます」

う〜ん、いい話だ。悪女の深情けならぬ、女王様の深情けと言ったところか。一国一城の主の妻としての表向きの顔。子を持つ母としての顔。女王、般若、そして女神へと、なんとも素晴らしい変貌を遂げた小松姫……。いや〜、こんなに色んな面を持っていたら、一緒にいる信幸も飽きることはなかったでしょうなぁ。

真田家の守り神

さて、歴史の流れに話を戻しましょう。関ヶ原の戦いでは家康方の東軍が勝利し、三成率いる西軍が敗れます。本来なら敵方についた昌幸と信繁は首をはねられるところでした。しかし信之（関ヶ原の戦いのちに改名）が家康に対し「なんとか命ばかりは救ってくださいませ」と懇願。昌幸と信繁は九死に一生を得て、2人は九度山村という高野山の麓に幽閉されることになりました。しかし、実は裏で小松姫の深情けが発揮されていたのです。

「父上、どうかどうか夫の父・昌幸様と、弟の信繁様を助けてあげてください。殺すには惜しい人材でございましょう。どうかお願いいたします……！」

小松姫は、父・本田忠勝にすがりついたのです。

「愛娘の嘆願とあっては仕方あるまい……」

こうして忠勝もこの命乞いに一役買っていたのであります。さらに小松姫は昌幸と信繁が九度山に流されたあとも、手紙や食料・日用品などを送り続け、生活を助けていたのでありました。

真田家が名も家も残せた裏には、小松姫の働きがあった。……いえ、むしろ彼女の尽力がなければどうなっていたか分かりません。

そんな彼女も元和（げんな）6年（1620年）、病気がちだったこともあり、草津湯治に向かう途中、静かに息を引き取ったのであります。享年48。

信之は彼女の死をひどく悲しみ、「我が家の灯火が消えたり」と呟いたそうです。女王様ならではの華。そして女王様気質ならではの情熱とパワー。そういったものが夫との出会いによって、力強くしなやかに開花したと言えるでしょう。

「あの夫選びの時、彼のあの一言が無かったらと思うと恐ろしいわ。

ショックだったけど、本当のことだった。だからこそ、この人は信じられると思った。

あんなにわがままでトンチンカンだったわたしが、あの人に出会って変われたんだもの。

ラッキーよ。神様に感謝してる。

え？『真田家を守ったのはわたしじゃないかって？』

冗談はやめてよ！　もとを正せば真田家があったから、人間として真っ当になれたのよ。

人として恥ずかしい時期もあったけど、今はすべてが必要だったんだと思う。

真の女王は一日にして成らずよ。人生すべてに感謝するわ！」

人は、人によって変わり得る。


今頃、天国でこんな話をしていたりして。

「俺の〝まげ〟を掴んだ小松姫？　ああ、覚えてるよ。

あん時はひどかったけど、ずいぶん変わったよなぁ。丸くなったよ」

「アハハ、あの時はゴメンゴメン！　ゲジ眉。

私も若かったしキレイだったから、つい調子に乗っちゃって。

本当にゴメンね。許してちょんまげ〜！」

「ハハハハ！　古〜っ！」

どんな女性でも色んな経験をして、様々な出会いを経て美しくなってゆくもの。運命の男と出会い、じゃじゃ馬わがまま娘から分別のある凛とした武家の妻へと成長し、真田家を支え続けた小松姫の一席！　これにて失礼いたします。あっぱれ小松姫!!

独眼竜を支えたパートナー

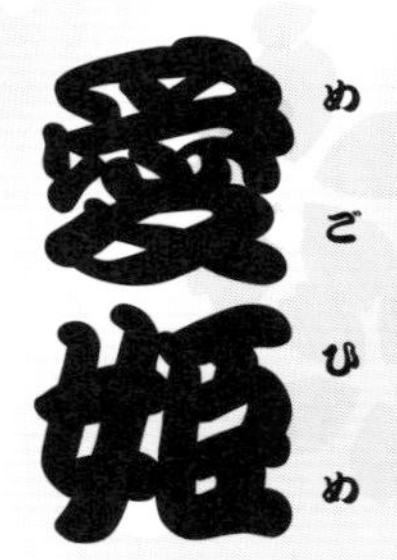

生年－永禄11年（1568年）
没年－承応2年（1653年）

伊達政宗の正室で、気配りに長けた人物。豊臣・徳川政権下で外交官的な役割を担い、夫と共に伊達家の発展に大きく寄与した――

めんこい姫

遠距離恋愛は離れているからこそ妄想が膨らみ、最初のうちはうまくいきますが、結果的には別れてしまうなんてことをよく聞きます。しかし、この会えない時間を熟成期間として愛を深めるカップルも稀にいるんですよね。かの戦国時代にも、まさにそんな夫婦がいました。奥州（東北）の覇者・伊達政宗と、その正室・愛姫。今回は、そんな2人の話でございます。

愛姫は永禄（えいろく）11年（1568年）、現在の福島県三春町にて三春城主・田村清顕（きよあき）の娘として誕生。この田村家、なかなか世継ぎの男の子に恵まれず、そこで生まれたのが女の子。父親にとって娘というのは、もう理屈抜きでかわいいものなのでしょう。


「おぉ、花のような女の子じゃ。娘というのは、なんとかわいいのじゃ」

「ほんにめんこい子です」

「おお、そなたに似てめんこい。めんこい、めんこい、めんこい姫じゃ。よし、この子の名をめんこい姫にしよう」

「めんこい姫……ちょっと長くはありませんか？」

「長いか……ならばめんこい姫、略してめご姫でどうじゃ?」

「めご姫、いいですね〜」

「そしてわたしら夫婦のように愛し、愛されるように、愛という字を当てて『愛姫』じゃ!!」

と名付けられたかどうか分かりませんが……とにかく「めんこい＝かわいい」という意味でございまして、これから付けられたようなんです。


このめご、10歳ちょっとで伊達家へ輿入れすることになります。「えっ? 10歳ちょっとってまだ子供じゃない?」はい、そうなんですが、今の感覚で考えちゃいかんのよ。

この頃の奥州は領地争いで戦の絶えない土地だったのです。この田村家も隣接する佐竹家・蘆名家とチャンチャンバラバラ、三か国が三つ巴の争いを繰り返しておりました。しかし佐竹家と蘆名家が和睦……つまり手を組んで田村家を攻めようとし始めたんです。弱小の田村家はなんとかせねばなりません。とにかく自国を守るため強力な後ろ盾が必要。


そこで悩みに悩んだ末、目に入れても痛くないほどかわいい一人娘を、伊達政宗のもとへと嫁がせることにしたのです。

「めごや。話がある」

「なんでございましょう、父上様」

「そなたの嫁ぎ先が決まった」

「嫁ぎ先……？」

「輿入れだ」

「えっ……えっ……うっ……えーん、えーん。わたしはまだ父様と母様といたいです。まだまだここにいたいです。離れたくないです。えーん、えーん」

「めごや。わしも、そなたをずっと自分のところに置いておきたい。できるなら一生そばに置いておきたい」

「ではどうして？　どうして？　どうしてですか？　えーん、えーん。父様が大事にしていたお皿を割っちゃったから……？　……えーん」

「なに？　どうも無いと思ったら、そなたの仕業であったか。おのれ、手打ちにいたす‼　……って播州皿屋敷じゃあるまいし、そんなことで仕置きなどせぬ」

「えーん、じゃあどうして……」

「実はかくかくしかじか、これこれこうで、こうだ。辛いであろうがめごや、これは田村家、お家のためと思って受け入れておくれ」

「田村家？　お家？」

「そうだ。この田村家は蝦夷征伐で大活躍した征夷大将軍・坂上田村麻呂を祖とする由緒正しき家だ。その田村家を守るためにも、お前の輿入れが必要なんだ」

すると母親が、

「めごや、涙を拭きなさい。そなたも武家の娘として分かってくれますね……」

この両親の切実な思いに、めごの心も動いたのか、

「はい。父上様、母上様。もうめごは泣きません!!

父上様と母上様、そして田村家のために、めごは胸を張って伊達家へと参ります」

いじらしいですね〜。今では考えられない。この歳にして武家の女の覚悟というものを感じます。この時めごは数えで12歳、政宗13歳。「2人とも子供じゃーん」って思いますが、当時は寿命だって現代の半分いくかいかないかですから。当時はこの歳で20代前半ないし、20代半ばぐらいの感覚だったのかもしれませんね。

一方、政宗は、

「愛姫とは親バカにも程があるなあ。よく美しくもないのに美しい子と書いて美子（よしこ）とか、鬼瓦のような顔して小百合（さゆり）とか、どくだみの様な顔をして百合子（ゆりこ）ってのがいるけど、どうせそういう感じ

なんだろうな……」

そして米沢城への輿入れ当日。めごは両手をついて頭を下げております。

「そなたがめごか？　おもてを上げよ」

「はい……」

(これはその名の通り、色が白くてめんこい娘じゃな)

顔を上げためご、政宗の顔を見てビックリ！　右の眼が白く濁っている。でも結構いい男。

正直心の中ではギョッとしておりましたが平静を装い、

「田村家から参りました、めごと申します。よろしくお願いいたします」

「ふっふっふ。この右目が気になったであろう？」

「いっいえ、そんなこと……」

「幼い頃、疱瘡にかかり、こうなってしまった。まあ、そのうちに見慣れるであろう」

「あっ、はい……」

「そなた、長い道中で腹が減ったであろう？」

「あっ、はい……」

「そうだろうと思い用意しておいた。米沢名物の鯉の甘露煮じゃ」

「わーおいしそう!!」

「遠慮なく食え、食え。こいつにはな、アルギニンというアミノ酸が多く含まれている。これは免疫力や体力をアップさせると言われているんだ。たくさん峠を越えて疲れたであろう、そなたの疲労回復にもってこいだ。食え、食え!!」


甘じょっぱい煮つけの味が、じわっと体にしみてくる。

「おいしい……」

「そうだろう。たくさんあるからいっぱい食え。なかなかいい食いっぷりだ!!」

(自ら料理を振舞ってくれるなんて、なんて優しくて明るい方なのかしら。

鯉の甘露煮だけに恋してしまうだっちゃ……♡)

こうして政略結婚ではありましたが、2人は上々のスタートを切ったのでした。しかしそこは戦国の世でございまして、新婚の日々も束の間、15歳になった政宗に初陣の時がやってきたのです。相手は戦上手と言われた相馬家。相馬家といえば、めごの母親の実家です。めごも辛いでしょう。親戚筋と敵対関係になるんですから。政宗はこの初陣でみごとに武功を挙げます。血気盛んな荒ぶる若武者は、イケイケドンドン天下を目指し、奥州の地を次々と我が物にしていくのです。

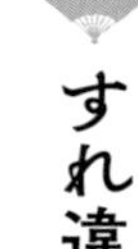

すれ違い

これに待ったをかけたのが秀吉。

「北条もそうだが、伊達政宗とやらも調子に乗りおって。
身動きできないようにしてやるわい」

秀吉は天正13年、惣無事令（私戦の禁止令）を出したのです。しかし天下を狙っている政宗は、そんなことに従いません。そうこうするうちに、めごの父親である田村清顕が急死。城主が亡くなり、田村家は窮地に陥ります。頼みの綱であるめごにも世継ぎは生まれていない。そこで奥方が相馬家の娘であることから、今後は相馬に頼ろうという派閥と、このまま伊達家に頼ろうという派閥に分かれます。イケイケドンドンの政宗、この情報を聞きつけました。

こうして田村家の領地をめぐる、相馬家と伊達家の戦いが始まったのです。強烈なファイトでもってこの戦にみごと勝利した政宗は、田村家の三春城へと入城。反伊達派として動いていた者たちを一掃したのでした。

こうして勢力を伸ばしていく政宗。ある祝宴でのこと。

三春城の一件で侍女たちを処刑され、ふさぎ込んでいる愛姫に政宗は、

「めご、どうした？　祝いの席じゃ。酒を注いでくれぬか」

「はっ……はい」

「どうじゃ、そなたも飲まぬか？」

「わたしは結構です」

「そうか……おぉそうじゃ。今日はとっておきの料理があるから食べてみろ」

と鳥料理を差し出します。


「雉でございますか？」

「なにを言っておる。今日は祝いの席じゃ、雉などではない、鶴だ!!」

「……つ、つ、鶴!?」

「なにをそんなに驚く？」

「つ、つ、鶴を食べるなんて……」

「鶴はなー、すんごくうまいんだぞ!!　ほれ遠慮するな。鶴を食べれば気も晴れるぞ」

「わたしは結構です」

「まったく強情なヤツだな。鶴は千年と言われるほど長寿の印だ。鶴を食べないと、この乱世では長生きできんぞ」

（めごが育った三春において鶴は神聖なもの。それを食べるなんてありえない。野蛮すぎる。それに、こんな辛い思いをしながら長生きなんてしたくもない。ありえない。信じられない。ついて行けない。わたしのことも殺してくれればいいのに……）

「なになにこの2人？　この本のテーマは恋する女と男じゃないの!?」、「全然恋してな〜い!!」。はいはい、お待ちください。一瞬で恋に落ちる人もいれば、長い年月をかけ恋を飛び越え愛を育む人もいるんですよ。まぁこの2人は後者でしょうね、どちらかと言うと。この2人はとにかく時間がかかんのよ、もうちょっと待って。

そんな日々が続いた、ある夜のことでございます。

「めごや、そなたはワシのことが嫌いか？」

「……いえ」

「わっはっは。嫌いと顔に書いてあるぞ」

「血も涙もない恐ろしい人と思っています。こんな思いで生き延びるなら、わたしのことをいっそ殺してくださいまし」

「そう簡単に殺してくれと言うな。死んだら終わりぞ。

この世は勝つか負けるか、生きるか死ぬか。攻められる前に攻めねば、自国は守れぬのじゃ。

自国を守れなければ、領民も守れない。領民を守れなければ、ワシらの暮らしは成り立たない。そうなれば愛する家族も守れないのだ。そなたがワシのことをどう思おうと、ワシはめごを一生守るつもりぞ」

「あ、あなた様……」

「めごや、さあこっちゃ来い。そなたが来ないならワシから行くわい」

「あっ……あなた様。お待ちください。あ〜れ〜〜〜」

と、めごは政宗の逞しく男らしい愛に包まれていったのであります。

ただいたずらに領地を奪おうとしているのではない。武将として生きる政宗の強烈な覚悟を、この時に初めて知ったのかもしれません。

めごの機転

めごは徐々に政宗に心を開き、惹かれていきます。しかし、めごには大きな大きな悩みがありました。なかなか子どもができなかったんです!! つまり世継ぎができない。この時代、正室が男の子を産むというのはマストな役割でしたから。伊達政宗の妻としての役目が果たせていない……。

でもそれだけじゃないんです。実は伊達家に輿入れするとき、田村家の一人娘として嫁に出すわけなので、めごに次男が生まれた際は、田村家がその子を養子に貰うという条件が付いていたんです。ですから田村家のためにも男の子を産まなければならなかった。そうこうするうち、なんと政宗の側室に男の子が生まれてしまったのです!!

「ガ――――ン!!　うっうっ……。
わたしはなんの役にも立たない女ではないか。うっうっうっ……」

「側室に子どもができたってことは愛人に産ませちゃったの!?」、「政宗って最低」と思うなかれ。現代の感覚で側室を愛人とか不倫相手と思っちゃいけないんです。正室に世継ぎが生まれないと、お家が続いていかない。そこで側室に男の子を産んでもらうわけです。ですから側室は愛人とか、そんなもんじゃないんですよ。伊達家を守るための構成員みたいなものなの。だから伊達家というか、伊達組っていう感じね!!

そんな状態のめごに追い打ちをかけるようなことが起こります。秀吉の小田原・北条討伐で東日本の大名たちに参陣(さんじん)するようお触れが出されたのです。北条家とは同盟関係だった伊達家。しばらく様子を窺(うかが)い、すぐには参陣しませんでした。結局、遅れながらも小田原へと参じましたが、秀吉は大激怒!!

ここであの有名な白装束を身にまとっての「お詫びパフォーマンス」を行います。

「手前、死ぬ覚悟でお詫びに参りました!!」

これにより命は助かりましたが、戦で勝ち取った土地は没収。めごの実家・田村家も政宗の命令で北条討伐に参陣しなかったため、お家取り潰しとなってしまったのでした。さらにさらに、めごにトドメを刺すかのような事態が起こります。なんと各大名の正室と嫡男を京都に住まわせるようにとのお触れが出されたのです。

秀吉はこの時めごに、

「都で貴人と交流し、大国の夫人として教養を備えたらいかがですか」

と、やんわりとあなたのことを思ってみたいな言い方をしましたが、要は人質です。

「おのれ、秀吉め……。天下を取ったというのに、そこまでするというのか……。

ワシはめごに一生守ると言ったのだ……。どうしたものか。

しかしこの命令に背いたら、伊達家はすぐに潰されてしまうだろう……」

夫の苦悩を感じ取っためごは、

「あなた様、わたくしは都へ参ります」

「め、めご……」

「心配なさらないでください。大丈夫でございます。

わたしが都へ行くことで伊達家のためになるのでしたら、喜んで行かせていただきます」

「し、しかしアイツは土地や国以外にも、欲しいものはなんでも手に入れようとする。

特に女には目がないと言われている。めごのようなめんこいめんこいおなごはすぐに……。

うっ、クソ――!!」

「あなた様、心配はいりません。常にわたしは合口（短刀）を忍ばせておきます。

万が一そのような辱めを受けるような時は、死ぬ覚悟でおります」

「めご……」

「あなたと同じ、いつも白装束を身にまとっておこうかしら。フフフ……」

「め、めっ、めごや――」


実家の田村家は無くなり、自分の居場所は伊達家しかない。めごは伊達家を守るため覚悟を決め、聚楽第（秀吉が建てた政庁と邸宅を兼ねた豪華な城）へと入ったのでした。この時めごは22歳。この若さでどんだけの試練を受けけんのよって感じですね。

伊達家の外交官

しかし、さらに事件が起こるんです。葛西大崎一揆という反乱が起こりまして、政宗は鎮圧に向かいます。しかし、この一揆を裏で操ったのが政宗だと嫌疑がかかっちゃったんです。出る杭は打たれるってやつですね。これを知ったねねは、聚楽第から政宗に手紙を送ります。

「あなたは疑われています。太閤様の力は計り知れません。太閤様に逆らえば、伊達家はあっという間に滅ぼされます。どうか、どうか1日も早く上洛し弁明してください」

これを受け取った政宗は、

「う〜ん。鉄板の詫びネタ、白装束で行くか。でも二度目だし、同じじゃ芸がないな〜。そうだ！　南蛮のイエスとやらが処刑された時、十字架にはりつけにされたとか。それに太閤はキンキンキラキラが好きとみる。よし！　今度はワシのお決まり白装束に、黄金の十字架を背負って都にのぼるぞ!!」

政宗は黄金の十字架を先頭に上洛するという奇策に出ます。これには聚楽第の奥方たちも、

「政宗様、黄金の十字架を背負うなんて、凄いことされちゃいますのね」

「面白いお方ね」

「あっいや、ただ詫びる気持ちが溢れすぎて、ああなってしまったのだと思います……」

「詫びの気持ちが金ピカのクロス（十字架）って、あなたも苦労するわね」

「おーほっほっほ」

（まったく……早く上洛しろとは手紙に書いたけど、いくらなんでも派手すぎるわよ。金ピカの十字架って、本気で詫びる気あるのかしら。逆効果になるんじゃないの……）

この心配が的中。命は助かりましたが、先祖代々の米沢を没収され、代わりに反乱で荒れ果てた葛西・大崎を与えられたのでした。

とはいえ、めごの手紙が届かなければ上洛は遅れ、土地どころか命すら無かったと言えましょう。命が助かってほっとしたのも束の間、今度は朝鮮出兵の命が下されたのです。

「めごや。明日、朝鮮に出立するため九州へと向かう。行ったこともない異国の地だ。さすがのワシも少しビビっておる。だが、しっかと武功を挙げ生きて帰ってくるぞ」

「はい。必ずやそう信じております」

「のう、めご。明日の出陣式は黒装束で行くぞ」

「黒!?　それは縁起の悪い色ではございませんか。以前、千利休様が黒の茶碗で茶を出し、太閤様の機嫌を損ね、それも切腹させられた原因になったとか」

「死を覚悟の白装束なら、生きる覚悟の黒装束ぞ」

「……と申しますと?」

「かつて唐に李克用という、独眼竜と呼ばれた猛将がいた。李の軍は死を恐れず常に黒を身にまとい、鴉軍と敵から恐れられていた。俺もそれに倣おうと思う」

「まあ、なるほどですね。でも太閤様はどう思われるか……」

「ここからがワシの腕の見せ所よ。黒一色では、ゲンを担ぐ太閤は嫌であろう。そこでだ!　黒羅紗地の背には金色の家紋を入れ、裾は赤などの水玉模様をあしらった陣羽織よ!!」

「まあ、想像しただけでも素敵!!」

「だろ?　さらに袴は黒羅紗地に金の糸が放射状に広がっている。とどめの兜は、金が光る大きな三日月の前立てじゃ!!」

「なんてゴージャス!!　きっと太閤様も気に入ってくださいますわ」

「……のう、めご。一寸先は闇と申す。まあワシらの人生は、今までもそうであったがな。

ワシは異国の地へ行くが、どうか息災でいてくれよ。そして伊達家を守ってくれ」

「かしこまりましてございます。あなた様、たっての願いがございます」

「なんじゃ？」

「今宵、わたしを抱いてくだされ。しっかと抱いてくだされ」

「めごや、めごはホントにめんこいおなごよ。

よし、今宵は寝かせはせんぞ。覚悟しておけよ」

めごは、政宗の厚い胸の中へ。

「あ〜れ〜〜〜」


ちなみにこの出陣式での衣装は、都の人々の喝采（かっさい）を浴びまして、ここからおしゃれな男性に使う〝伊達男〟という言葉が生まれたんだとか……。


明日をも知れぬ命。これが最後かもしれないと睦（むつ）み合えば、精子や卵子も頑張るのでしょうか？

このまぐわいが功を奏し、愛姫ご懐妊。翌年、女の子を出産したのです。なんと第一子ができるまで、結婚してから約15年もかかったのですね。だから言ったでしょう。この2人の愛には時間がかかるって。最初は好きではなかったけれど、この乱世を精一杯、背伸びして懸命に生きている政宗に、段々と愛情を持つようになっていったのではないでしょうか。

待望の子、名前は五郎八姫。五郎八と書いて「いろは」と読みます。まあ、女の子だって我が子ですからかわいいんですが、やはり武家は世継ぎが必要なわけですよ。そこで次は男の子をという願いを込めて、この名前を付けたんだとか……。

とにもかくにも、政宗とめごの間に愛の結晶が生まれ、政宗は天下を統一した秀吉の部下として忠実に働き、少しは穏やかに生きたいなと思っていた矢先、またも政宗にトラブルが勃発!! 秀吉の後継者であった甥の秀次が謀反の疑いをかけられ自刃。秀次と親しくしていた政宗も嫌疑をかけられたのです。まあこう見ていくと秀吉は、よほど政宗が嫌いで、なんやかんや難癖をつけて潰したかったんだと思いますね。

これによりまして秀次の居城だった聚楽第は壊され、めごは秀頼（秀吉の息子で世継ぎ）が住む伏見城へと移されたのでした……。

政宗も大変な立場だけど、その妻も大変だわよ。めごは秀吉やねねに睨まれないよう、気を使って暮らしていたと思います。その甲斐あってか、ねねには相当かわいがられていたみたいです。これだけヤンチャな夫を持ったら、身を守る術を覚えていくわけですね。

こうしてめごは実質的に、伊達家の外交官の役割をこなしていたわけです。

天下一のいい男

そうこうするうちに秀吉が死去し、関ヶ原の戦いが勃発。天下は徳川家康のもとへと移っていきます。しかし「人質解放バンザーイ!!」とはいきませんでした。徳川政権でも江戸で人質のような生活を送ることになるんです。政宗は家康の承諾を得て仙台に築城。参勤交代で1年ごとに江戸と仙台を行き来する政宗。しかし江戸にいる時でも2人は別々に暮らすことを余儀なくされ、夫婦のやり取りはもっぱら手紙が主だったようです。

筆まめで有名な政宗。めごにこんな手紙を送っております。

「めごや、健康状態はどうだ？　あとで健康診断を受けるように」とか「送っている着物が足りないようなら教えてくれ」など、非常に気にかけている様子が分かります。

政宗が江戸にいる時、一日・十五日・二十八日の各節句の日には、なんと正装してめごのもとへ訪れていたんだそうです。

「あなた様。今日もパリッとして素敵なお召し物、惚れ惚れいたします。さすが天下一いい男でございますわ」

「伊達政宗たる者、常におしゃれを怠ってはならん。手を抜いたら伊達男の名がすたる」

「ふっふっふ。そうですわね。あなた様、今日は仙台の話を聞かせてくださいませ」

「緑豊かでなぁ。広瀬川という美しい川が流れ、小鳥がさえずり、領民たちは働き者なんだ。いいところだ。ただ、おなごがちと落ちるがの……」

「まあ、なんてこと」

「知らぬか。仙台は日本三大ブスの産地と言われておるのだぞ」

「まあ、ひどい」

「めごなんかが仙台に来たら、みんなお前の美しさにびっくりしてひっくり返るわい」

「まったく、ご冗談を」


「またな、食べ物もうまいんだ。ずんだ餅というのが、これまたうまいんだ」

「ずんだ?」

「枝豆を潰し、餡(あん)にして餅(もち)に絡めたものだ」

「枝豆……なんで『ずんだ』と言うんですか?」

「いい質問だ。枝豆を打って餡にするゆえ、豆を打つ、つまり豆打(ずだ)だ。あと仙台は『そうだ』を『んだ』と言うが、その2つが合わさって『ずんだ』となったそうだ」

「へ～面白い。わたしはめんこい姫を略してめご姫だから、
わたしの名前の逆バージョンね」

「……う～～ん、よく分からないけど……んだんだ」

「あなた様がお作りになった仙台の城をいつか見てみたいですわ」

「ああ、いい城だ。その日が来るのをワシも祈っておる」


ヤンチャで破天荒なサムライ人生を送った政宗でしたが、さすがに老いには勝てず、死の床についてしまいます。この知らせを聞いためごは別邸におります政宗を見舞ったのですが、なんと政宗は面会を断固拒否!!


「え～～～!!　なんで～～～!!　あなた様、最後にお顔を見せてくださいませ」

「いやだ。頼むから黙って帰ってくれ」

「いやです」

「ワシもやだ」

「も～駄々をこねないでくださいまし。これが最後かもしれないのですよ?

お願い!　ひと目、ひと目だけでいいのでお顔を見せて!!」

「いやだ。だめだ。今のワシは腹が膨れやつれておる。

こんな姿、めごには見せたくない。お前の前ではいい男でいたいんだ。

分かってくれ。武士の情けだ。いや武士の妻の情けだ。頼む!!」

(ヤンチャで見栄っ張りでカッコつけしいで、
ずっと天下を取りたかったけど、でも取れなくて……それでも天下一のいい男……)

政宗の真意をくみとっためごは、

「分かりました。あなた様、どうか、どうかお大事に……」

と言うと見舞いの品を置いて帰っていったのでした。


その後、政宗からめごのところへ手紙が届いたのです。

「このあいだはありがとう。そのうち会って礼をしたいと思っている。

我々の代で大きくした伊達家が末永く繁栄するよう、折々、家臣たちに伝えてほしい。

2〜3日のうちに会って色々話そうぞ」

その翌日、政宗はこの世を去ったのでありました。文面に『我々の代で』と書いたのは、いかに
めごが外交官として家を助けてくれたかを認め、めごなしには今の自分、そして伊達家は無かった

んだと痛切に感じていたからではないでしょうか。

　また政宗の十七回忌には、あの朝鮮出兵時に身に着けていた派手な甲冑姿を彫らせ、伊達家の菩提寺・瑞巌寺に奉納しました。そしていよいよめごにも最期の時が訪れます。

「どうか夫の月命日に旅立ちたい」という願いが天に通じたのか、承応2年（1653年）1月24日、波乱に富んだ人生の幕が閉じたのでありました。享年86。

　彼女の死後、侍女たちが遺品整理をしていると、なにやら見慣れない文箱が出てきた。なんだろうと開けてみると、そこには政宗からの手紙がたくさん入っていたのです。その中には、政宗が幼い頃に書いた手習い書まであったのだとか……。

　いまなら写真を眺めて昔を思い出すのでしょうが、当時は写真がありません。手紙を読みながら、政宗との怒涛の人生を、笑みを浮かべつつ思い出していたのかもしれません。


（ヤンチャで見栄っ張りで……それでも天下一のいい男）

　好いた惚れたでなく、政略結婚で始まった2人。しかし乱世を生き抜く中で同志となり、お互い必要なパートナーとなり、強さも弱さもすべてを受け入れ、いつしか強い愛情を育むようになったのでありましょう。

よく運命の赤い糸と言いますが、この2人は運命の赤い鋼(はがね)の糸のような気がするのです。2人の人生の中でじっくりと時間をかけて縒(よ)り上げた強い絆。政宗に愛され、そして政宗を深～～～く愛した、愛姫の一席でございました。

追記――

愛姫は五郎八姫を生んだ6年後に、待望の男の子を産んでいるんです!! この子がのちの仙台藩の第二代藩主・忠宗(ただむね)です。昔も今も二世は先代が作り上げたもので食べていけるから、苦労知らずのボンボンで使い物にならないのが多いんだけど、忠宗はなかなかできた男だったみたい。まあ、派手でなにかと話題を振りまくおとっつぁんのもとで生まれ育ったせいか、周りを冷静に見られる堅実な人間へと成長したようね。

忠宗は跡を継ぐと領地の総検地を行い、買米制をはじめたの。これは領地で余ったお米を一度藩が買い上げて江戸で売って、その利益を農民にも配るというもの。しかも利益は先払い制だったんですよ!! やはり先立つものはお金でございます。これによって農民の生活は安定し、農作業に張りが出るという好循環を生みました。

国民の生活を顧みようともせず、自分の利益にしか興味がない一部の政治家たちとは大きな違いださわ!!

しかもこの忠宗、愛姫の実家・田村家まで再興させたのですよ〜〜〜〜〜‼　親孝行だね〜。

政宗と愛姫夫婦は子育てにも成功したということね。

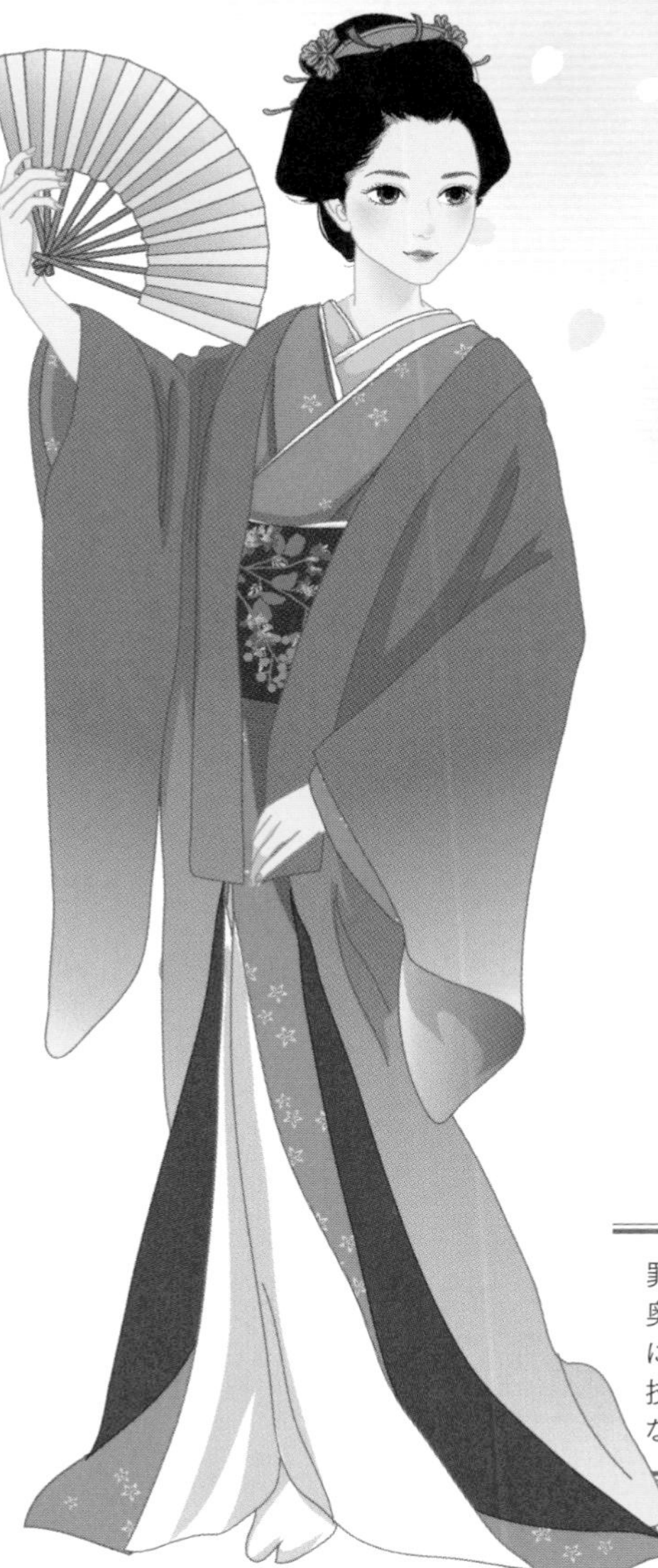

花のお江戸のプリティ・ウーマン

お楽（らく）の方（かた）

生年－元和7年（1621年）
没年－承応元年（1653年）

罪人の娘という厳しい境遇から大奥に入り、四代将軍・家綱の母になった強運の持ち主。彼女の特技が三代将軍・家光との運命的な出会いをもたらす——

将軍の憂鬱（ゆううつ）

結婚活動、略して婚活。この言葉、今では市民権を得て世の中では当たり前になっていますが、なぜ婚活が必要なのか？　この時代、白馬の王子様を待っていても、そうそうやって来るものではないから、女たちは外に出て〝自らの手で男を狩りに出よ〟ってことなんでしょうかね。まあ、すべてにおいてお膳立てしてくれる世の中じゃなくなったということです。

わたしも十代の頃は「素敵な王子様が現れてトントン拍子にプロポーズされ、住まいは青山のセレブリティに!!」と思っていましたが、気づけばウン十ウン歳。元気だけが取り柄のおばさんになりました……。

「いつか、わたしの白馬の王子様がやって来る……」とか「これほどの器量なんだから、いつか玉の輿に乗ってゴージャスな生活を送るんだわ!!」とか、無邪気な夢を持つのは若さの特権ね。この本を手に取ってくれた子が高校生・大学生だったら……厳しいことを言うようだけど、そんな夢を掴めるのは、氷山の一角も一角も一角。ってか今は氷山すらないぞという時代です。

玉の輿の由来を調べてみると、玉とは美しいものの総称。輿は貴人を乗せて運ぶ乗り物。貴人のところへ嫁入りする時に、そのような玉の輿に乗るから、身分の低い人が高い人と結婚することを玉の輿に乗る……という説が1つ。そのほか五代将軍・綱吉の母・お玉（桂昌院）が輿に乗って大奥入りをし家光の側室となり、果ては将軍の母になったところから、お玉の輿入れを略して「玉の輿」になったという説もあるんだとか。

しか〜〜〜し!! お玉の前にすでに玉の輿に乗り大出世を遂げた女性がいたのです。その名は、お楽の方。なにが凄いって、お玉は八百屋の娘から将軍の母親になりましたが、お楽の方はなんと、罪人の娘から将軍の母親になったんですよ！ 今回はそんな凄い女性の物語。

徳川家の三代将軍・家光の側室で、四代将軍・家綱の母・お楽の方は元和7年（1621年）に生まれました。本名はお蘭。なんと美しい名前!! 現存している資料によりますと、この方の父親は百姓でございましたが、仕官して下級武士になります。しかし、主君のお金を使い込みまして江戸を追われ、のちに罪人となってしまったそうです。母親は古着商人と再婚します。お蘭はその古着屋で働いているところをスカウトされ大奥入りを果たすも、大奥で恒例の『かわいがり』に遭い、「踊りを踊れ」と言われ、踊っているところを家光に見初められたと伝わっております。

「え〜、罪人の娘が将軍の側室になって、果ては将軍の母親にもなるって、考えられないぐらいのシンデレラ・ストーリーじゃない!!」。そう、まさにその通り!!

一方、家光は20歳で将軍に就きまして正室を迎えますが、なかなか世継ぎができない。「なぜか？」そうです。女性ではなく男性が好きだったみたいです。特に美少年が!! まあ、戦国の世において「男色は武士の嗜み」と言われておりましたので、普通のことなんですけどね。また、家光は変装をして江戸の街をほっつき歩いていたという伝説も残っているんです。はい！　そこで今回はドラマ「暴れん坊将軍」に倣いまして「もしも家光とお蘭が江戸の街ですでに出会っていたら？」という、想像と史実のミックスバージョンでお届けいたします。だって当時のことは誰も知らないですから、１００％この設定が無かったとは言えないんだよね～。

　昔から『氏無くして玉の輿』という言葉がございます。これは「女性は家柄がよくなくても、器量さえよければその境遇から抜け出して出世できる」という意味ですが、江戸時代にもそんな女性がおりました。その名はお蘭。ここは江戸城・大奥。大奥総取締の春日局と奥女中が、なにやら密談をしております。


「まったく……男色は武士の嗜みと言うが、上様は度を越しておる！

そろそろお世継ぎを作らねばならぬというのに」

「はい……」

「もうこうなったら、上様の男を目覚めさせなければならない！」

「……と申しますと？」

「オスの本能を呼び起こさせるのじゃ。よいか？　街へ出て、オスの本能がムラムラムラムラと湧き起こってくるようなボンキュッボ～ンなおなごを探してくるのじゃ！」

「はっ、かしこまりました～!!」

さぁ、こうして局たちは街へ繰り出しまして、女の子のスカウトを始めたのであります。局がスカウトした女たちの、ま～凄いこと凄いこと！　フェロモンむんむん、お胸はブルンブルン、おしりはプリップリ！　集められましたのが大奥の美女たち。


この女たちが局の指令でもって、家光を色香で誘惑いたします。

「殿～!!　わたしを抱いてくださ～い!!」

「わたしも抱いてくださ～い!!」

「ちょっと、なによアンタ！　ペチャパイのくせに引っ込んでなさいよ!!」

「アンタこそなに言ってんのよ!!　この厚化粧が!!」

「なっ、なんですって～～!?　キィィィ～」

「2人ともおどき。殿はね、わたしみたいな豊満バディーが好きなのよ」

「冗談はおよしよ！　ただのデブじゃないか!!」

「なんだって～～～!!」

と、女たちのアマゾネスな戦いが始まります。これを見た家光は、

「ったく局は、まったくワシの好みを分かっておらん！　あんな牝牛のような女は好かんのじゃ」

お色気攻撃に嫌気がさした家光は、城にいるのが嫌になりまして、お忍びで江戸の街をほっつき歩くようになったのです。

運命の出会い

そんなある日のこと。町人になりすましてお供を連れ、神田あたりを歩いておりますと、なにやら向こうのほうは黒山の人だかり。古着屋の口上オンステージが始まったようです。

「さぁ〜、いらっしゃい、いらっしゃい！　寄ってらっしゃい、見てらっしゃい！

今日はスペシャルラッキーデーなので、新しい新しい古着が入荷したよ〜！

古着なのに新しいってなんだか意味が分からないけど、さぁ〜寄ってらっしゃい、見てらっしゃ〜い。

今日はスペシャルラッキーデーということで、なんと特別余興つきよ〜!!」

と言うと、いきなり女が歌いだしたのです。

「上様。ここがこの界隈にて評判の古着屋でございまして、今歌っているあの女が、看板娘のお蘭と申す者だそうでございます」

さぁ、このお蘭ちゃん。看板娘だけありまして、街でも評判の美人でございます。どれほど美しかったのかと申しますと～、小野小町か照手姫、見ぬ唐土の楊貴妃か、普賢菩薩の再来か、静御前に袈裟御前、はたまた神田蘭ちゃんか……というくらい!!（失笑）。


家光、お蘭のそのボーイッシュな美しさにボーっと見とれております。

「ちょっとそこの旦那！　ボーっとしてポカンと口なんか開けてないで！　開けるならガマグチ開けておくれよー」

「あ、あぁーすまん。なにかオススメはあるのか？」

「そうね～、これなんかどうかしら～。承久の乱で北条義時が着ていたっていう陣羽織。名付けて『義時モデル１２２１』!!」

「おお、なかなか……いいな」

「でっしょ～？　来年の大河は『鎌倉殿の13人』よ。義時が主人公だから流行先取りよ～。そうそうそれからね、もう一つとっておきのがあるの。じゃ～～ん！　かの徳川家康公が天下分け目の合戦においてお召しになっていたっていう伝説の『関ケ原モデル１６００』!!」

「大御所様の……そ、そ、そんな物があるのか!?」

「上様、どうせバッタもんでございますよ（小声）」

「バッタもんだって～？　古着なんだから跳んで行きやしないよ～」

まあ、こんなことは言わなかったと思いますけども……。ところが家光公、馬子にも衣装と申しますか、まあ実際に「孫にも衣装」だったわけでありますけど、さすがに孫だけありましてなかなかお似合い。周りの連中もやんややんやの大喝采!!


「いや～、あんちゃん。イイ感じに似合ってんじゃねーか！　なあ？」

「ああ、なんだかおめえさん将軍様みてぇだな。さすがお蘭ちゃん、いい見立てするぜ～！」


その変わりように一番驚いておりましたのが、当のお蘭でございました。


「結構イケてるじゃん♡♡♡」

「お蘭……と申したな？　お代だ。では頂いていくぞ」

「あっ、あの旦那……いや、あの……お名前は？」

「名前？　ああ、ワシは徳が………」

「え？」

「と、と、と、とく……」

「あ～、『徳さん』って言うんだ～」

この出会いをきっかけに、お蘭はすっかり家光に心を鷲掴みにされてしまいました。また、家光も然り。城に帰ってもお蘭のことが、どうも気になって仕方がない。キリっとした涼しげな目元、透き通るような白い肌、そして男勝りの性格に、あの生き生きとしたボーイッシュな美しさ……。奥女中たちにはないお蘭の率直さに、家光はすっかり参ってしまったのです。そしてこの2人、いつしか逢瀬を重ねるようになったのでありました。

秘密の告白

そんなある日のこと。2人連れだって蕎麦屋へと入ります。

「ん〜、新蕎麦のいい香り〜」

「これが蕎麦というものか」

「え？　徳さん知らないの？」

「お、おお……」

「ヤダ〜、まるで将軍様みたいね〜」

「え？　え？　どういうこと？」

「なんでも将軍様より私たち町民のほうが美味しい物を食べてるんだって！」

「おお……ホントに？」

「うん。ほら、将軍様は料理番が献立決めて作るけど、江戸の街にはたくさんお店があって味を競ってるから、江戸の食文化って凄いんだって」

「へ～～」

「うん、講談師の神田蘭さんが言ってた。でも『講談師、見てきたような嘘をつき』なんて言うからね、本当かどうか分からないけど。さあ、食べよう！」

「あ、ああ……」

「ん～、美味しいね」

「はぁ～、こんな美味い物があるのか～」

「ねえ、徳さん。わたし、お蕎麦大好きだけど、でも一番好きなのは徳さんのソ・バ♡」

「お蘭、僕もだよ。僕もずっとずっとお蘭のそばにいたい!!」

「徳さん!!」

「お蘭、僕のところに来てくれないか？」

これを聞いたお蘭。ニッコリ笑って受け入れるかと思いきや、なにやら浮かない様子。

「どうしたんだお蘭、もしかして嫌なのかい？」

「ううん、そうじゃないの。徳さんの気持ちはわたしも嬉しい。だけど……」

「どうしたんだよ？　なにやらワケがあるようだけど、よかったら話してくれないか？」

「でも聞いたらきっと……きっと徳さんわたしのこと嫌いになるよ？」

「そんなことはない。約束する」

「ホントに？　ホント？」

「ああ、ホントだ！」


その家光の真剣な眼差しにお蘭も覚悟を決め、おもむろに語り始めたのです。

「徳さん。わたし、実はね……罪人の子なんだ」

「ざ、ざ、ざ、罪人～～～!?（ガ――――ン!!）」

「ずいぶんな驚きようだね。……はぁ～、ウチのおとっつぁん散々な人でね。

百姓から下級武士に取り立てられたんだけど、
魔が差したのか悪さをして捕まって江戸を追われたの。

そして生活に困って、撃っちゃいけない鶴を撃っては売っていたんだ。

最初はただの間違いだったんだけど、鶴を売ればいい金づるになるって知ってから、
おとっつぁん鶴ばっかり撃ち殺した。その祟りからか、おとっつぁん、つるっぱげになっちまってね。

でもわたしたちを食べさせるため、鶴を撃っちゃ売り、撃っちゃ売り、撃っちゃ売りしてるうちに、
とうとう、うっちゃり捕まっちまったんだ。おとっつぁん、死罪になる直前に言ってた。

うっちゃりしてたって……チャンチャン♪」

「いやチャンチャン♪って……。なんだか同情しづらい話だなぁ」

「それから流れ流れて、今はおっかさんの再婚相手の商いで古着屋やってんのさ……。どう？　こんなわたしと一緒になりたいなんて思わないでしょ？」

「お蘭、正直に打ち明けてくれてありがとう」

「えっ!?」


「実は僕も、お蘭に話さなきゃならないことがあるんだ」

「え、なに？」

「実は……でもなぁ……」

「なによ、徳さん」

「そうだお蘭。明日のこの時間、もう一度ここへ来てくれないかい？　それまでには周りを説得することができると思うんだ」

「なんだか分からないけど……分かった。明日またここへ来ればいいんだね？　約束だよ」

「ああ、約束だ!!」

奇跡の再会!!

そうして約束を交わし別れた2人。家光、さっそく城へと戻ります。そこへ物凄い形相で現れました侍女たち。

「上様！　たたた、大変でございます！　お局様が、お局様が……」

「どうしたのじゃ?」

「当たってしまったのです！」

「なに？　サマージャンボにか!?」

「なにを悪いご冗談を」

「ええ!?　一体どうしたと言うのじゃ?」

「はい……実は浅草寺の参詣の帰りでございます。行列ができるほど美味しいという鯖寿司のお店がございまして、そこに立ち寄りましたところ、お局様が大層その鯖寿司を気に入りまして。

『これは城に帰っても食べたい』ということでテイクアウトしたのでございます。

それが、それが……当たってしまったようでございます」

「鯖に当たって生きるか死ぬかの容体になるとは。まさにサバイバルだ」

「なにをこんな時にご冗談を。お医者様が言うには、今日・明日が山場だそうでございます」

翌日の江戸城・大奥は、春日局の看病で右へ左へと大わらわ。それでも家光はお蘭との約束を果たそうとこっそり城を出ようといたしますが、老中に見つかり………。

「上様、どこへ参られますか。上様にとってお局様は〝めのと（育ての親）〟ではございませぬか。回復するまではどうぞ、どうぞ城におとどまりくださいませ」

そうなんです。春日局は育ての親でございます。そして彼女の直訴があったからこそ将軍になれた家光には、頭が上がらない存在なわけでございます。仕方なく城に残ったのでありました。

一方こちらはお蘭。待てど暮らせど恋しい徳さんは一向に現れません。やがて日もとっぷりと暮れかかります。

「そうだよね……罪人の子なんか嫌に決まってるよ。徳さん口ではあんなこと言ってたけど、やっぱりイヤになって逃げちまったんだ!!　ちょっとでも夢見たわたしが馬鹿だった。

フン、こんなことで気持ちが変わる男なんか、こっちから願い下げだ!!

でもわたし……やっぱり徳さんが好き!　徳さ〜〜〜ん!!　徳さ〜〜〜ん!!」

さて、こちら家光。果たせなかった約束を胸に秘め、将軍としての職務へ励もうとするんですが、ぼんやりとしてどこか上の空。一方、鯖の食あたりからみごと回復・復活いたしました春日局。

この家光の姿を見るに見かねまして、

「上様、一体どうされたのでございます？　昨今の上様の将軍にあるまじき振る舞いの数々、令和の政治家じゃあるまいし、しっかりとリーダーシップを発揮してくださいまし!!」

「すまぬ局、実はお前にだけ打ち明けたいことがある。ワシには惚れたおなごがおるのじゃ」

「なんと!?」

「神田の古着屋で働いているお蘭という娘だ。その娘のことを想うと、食事も喉を通らぬし、夜も眠れないんだ」

「まあ……」

「頼む局、お蘭をここに連れて来てくれ！　連れて来てくれたら、ワシは男色もしないし職務にも励む。お願いだ、頼むっ!!　お願いだ局!!」

「上様……分かりました。それほどまでの願いとあらば、この局、必ずやそのお蘭という娘を連れて参りましょう!!」

さあこちら、ことの次第を知らぬお蘭。店先に立っても、どこか上の空。能面のような顔で、売り子の声にも覇気がございません。と、そこへ駕籠（かご）がピタリと停まり、1人の女が出て参りました。

「そなた、お蘭と申すか？」

「え……ええ」

「わたしは、大奥総取締の春日局と申す者。そなたを迎えに参った。大奥で働いてみたいと思わぬか？」

「おおお、大奥？」

「そうじゃ。将軍様のお傍で働いてみたいと思わぬか？　悪いようにはせん」

「わたしが？　そんなところへ？」

「そうじゃ」

「わたしが大奥に入れるわけないじゃない。だって、わたしは……」

「お蘭、子細（しさい）はすべて承知の上じゃ。心配は要らぬ」

「ええ……でもそうよね。わたしが大奥に入ればお金をもらえるから、おっかさんも楽にしてあげられる。いつまでもこんなところで燻（くすぶ）ってちゃいけない。もう徳さんのことは忘れなくっちゃ！　そうよ、このお蘭。新天地で天下一の男、将軍様をモノにしてやるんだわ！　お局様、わたし大奥に入ります!!」

こうしてお蘭、罪人の娘よりみごと大奥入りを果たしたのでございました。千名を超えていたと言われる煌びやかな女の園に町娘が、いや罪人の娘が入って来たという噂が広まりまして大奥は大騒ぎ。さっそく先輩女中たちによるイビリが始まったのです。お蘭はめげるどころか、なにくそという気骨でもって立ち向かっていきます。この大奥では新参の女中をからかって歌わせるという儀式がよくあったんだそうで、

「お蘭、なにか歌っておくれ」

「え？　歌をですか？」

「そうじゃ。なんでも古着屋の店先で『口上オンステージ』とか銘打って、ド派手にやっていたそうではないか。どうした？　ここでは歌えぬと申すか？」

「いいえ、そんなことは……」

何十、何百という女中たちの冷ややかな視線がお蘭に突き刺さります。

(ここで負けてたまるか。そんなに聞きたいなら、とくと聞かせてあげようじゃない!!)

「分かりました。それでは歌わせて頂きます。

『お蘭のやけっぱちオンステージ』!!　ミュージック、スタート～!!」

『♪ウララ～　ウララ～　ウラウラで～　ウララ～　ウララ～　ウラウラよ～
ウララ～　ウララ～　ウラウラの～　この世は私のためにある
見ててごらんこの私　今にのるわ玉の輿
天下一の男だけ　この手に触れても構わない　チャンチャンチャン♪』

このお蘭の堂々とした歌いっぷりに奥女中たちは圧倒され、ポカーンと口を開けておりました。

その時です!!　サーッと襖が開いたかと思うと、奥女中たちがみなそちらに向かってひれ伏すではありませんか！　お蘭、なんだろうとその先を見てみると……そこには立派な衣装に身を包み、神々しいオーラを放っている見覚えのある男が!!


「……徳さん!?……」

「お蘭、ワシが徳さんこと天下一の男、徳川三代将軍・家光じゃ。

やっとそなたを迎え入れることができた。

皆の者、今日からこのお蘭をワシの側室として迎え入れる。よ～く心得よ」

「ハハ――――ッ!!」

「お蘭、待たせたな!!」

「……徳さん!!　いえ上様、ありがたき幸せに存じまする」

これよりお蘭はみごと家光公の側室となり、名を『お楽の方』と改めます。のちに生まれた子が四代将軍・家綱公となり、愛する息子の即位を見届け、安心したかのようにお蘭は32歳でこの世を去ったのであります。どんな境遇にもめげることなく、諦めることなく、前を向いて歩んでいった彼女の生き方が、その名の通り蘭の如く花となって開いたのでありましょう。

「めげるってなんですか？　わたしの辞書に『めげる』は無い!!」

花のお江戸のプリティ・ウーマン、お楽の方の一席でございました。

第3章

明治～昭和時代
番外編

日本初のファーストレディ

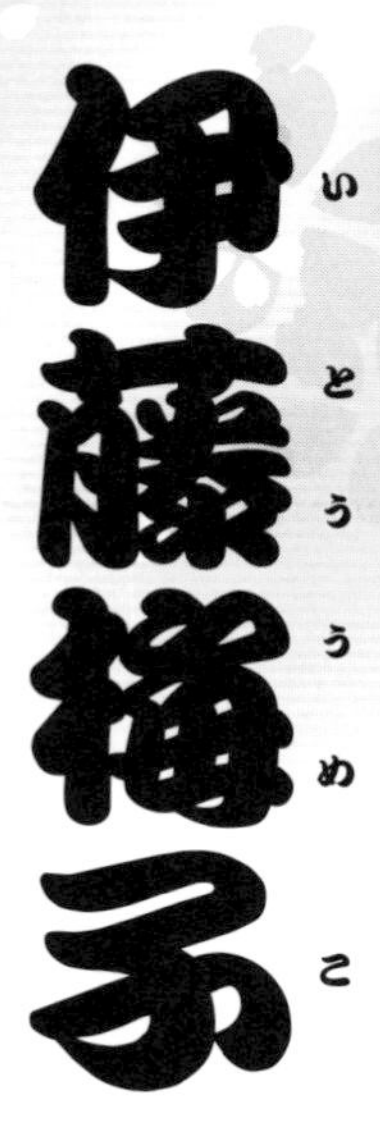

生年－嘉永元年（1848年）

没年－大正13年（1924年）

日本初の総理大臣・伊藤博文の妻。貧しい出自ながら懸命な努力で自分を磨き、夫を支え続けた。また夫の度重なる浮気を寛容な心で許し続けた器の大きな女性——

命の恩人

この章で取り上げますのは、日本初の総理大臣・伊藤博文の妻である伊藤梅子。つまり日本初のファーストレディです。

伊藤博文と言えば幕末から明治にかけ馬車馬のように働いて、近代日本の礎（いしずえ）を築いた偉〜いお方。と同時に、今だったらセックス依存症と診断されるぐらい、三度の飯より女がだ〜い好きな絶倫男。まさに「明治の秀吉」と言ったところでしょうか。そんなとてつもない男を菩薩様のように見守った女性が、梅子でございます。

この梅子、嘉永（かえい）元年（1848年）、馬関（ばかん）（現・下関）の貧しい家に生まれます。家計を助けるため亀山八幡宮の中にありますお茶屋にて、お茶子として働いておりました。博文と梅子が出会ったのは元治（げんじ）元年（1864年）。ところは亀山八幡宮。この日、大勢の参詣（さんけい）客でやんややんやの大賑わい。と、そこへ1人の男が駆け込んでくる!!　それを追うかのように数人の侍たちがバラバラバラッと走り込んできた!!

「伊藤をひっ捕らえろ〜!!」

「茶屋の中に逃げ込んだかもしれないぞ、探せ!!　探せ〜!!」

参詣客は、

「なんだ？　なんだ？」と大騒ぎ。

この時、境内の裏手にありますゴミ溜めに、ゴミを捨てていた梅子。この騒ぎに、

「何事かしら？」

と思っていたところ、1人の男が物凄い勢いで駆けてきて、

「おっと姉さん、すまない。誰か来てもワシのことはいないって言ってくれ!!　頼む!!」

するとその男、ゴミ溜めの中に飛び込みまして莚(むしろ)をかけたのです。

とそこへ侍たちがバラバラバラッと駆けてきまして
「おい娘、ここに男が駆け込んでこなかったか!?」

「男？」

「そうだ。中肉中背で、ちょっと筋肉質な男だ」

「さっきの方かしら？　向こうのほうに駆けていきましたよ」

「まことか!!」

「はい」

「逃げ足の速い野郎だ。追え、追え～!!」

侍たちが駆けていったのを確かめると梅子は、「もう大丈夫ですよ」と言って莚を開けました。

するとゴミ溜めから出てきたその男、ニヤッと笑顔を見せ、

「助かったぜ～。はぁ～、君のおかげで助かった。ありがとう。ワシは伊藤俊輔」

「あ、わたしは梅と申します」

「梅か？　名は体を表すと申すが、その名の通り梅のようにキレイなおなごだ」

梅子の咄嗟（とっさ）の機転で助かったこの男こそ、のちの夫・伊藤博文であります。この時、梅子16歳。少女の初々しさを残しつつも、大人の肉体へと変わっていく、女性として一番瑞々（みずみず）しい時。それに面長で、透き通るような白い肌。目元パッチリ、厚い唇ときたら、博文の食指が動かないわけはございません。

梅子だって同じです。侍に追われていても、あっけらかんと笑ってみせる、この男のおおらかさ、器量の大きさに思わず惹きつけられてしまったのです。うら若い2人でございます。男女の関係になるのに、そう時間はかかりませんでした。

突然の別れ

そんなある日のこと。待合茶屋（今で言うラブホ）でもって、若い肉体を惜しみなく求め合う2人。この頃、博文は20代前半でありますからオスの本能全開、性欲がマグマのように溢れ出て、梅子に吸いついて離さない！　梅子だって16歳でございますから、初めての男だったのでしょうか。その初めての男が博文。秘め事においても百戦錬磨のこの男に、まさに四十八手、華麗なまぐわいを教えられてしまったら、も〜離れられないでしょう。

5ラウンドにおよぶ激しい睦み（むつ）を終えた2人。性欲を出しきった普通の男ならグゥ〜っと寝込んでしまうところでしょうが、そこが常人と博文の違うところ。

「梅、お前の体は吸いついて離れん。悪いおなごよのぅ」

「俊輔さん、わたし凄く幸せよ。ずっとこうしていたいわ……」

「ワシも幸せだ。お前とずっとこうしていたいぞ」

と、再び梅子を抱き寄せる。

「でも……もう帰らないとでしょ？　奥様が心配するわ」

「案ずるな。あいつのことは気にせんでいい」
「でも……」
「お前はワシの命の恩人だ。ワシはお前が一番好きだ。一生離さんぞ」
「しゅ、しゅ、俊輔さん……あ～れ～～～」

と、再び博文を受け入れる梅子。男女の相性は体の相性とも言いますが、肌が合ったんでしょうね～。うら若い2人が好きになったら、毎日会いたいのは当然でございましょう。しかし博文には、この時すでに奥様がいたのです。

伊藤博文は百姓の父のもとに生まれまして、吉田松陰の松下村塾で学び、尊王攘夷運動にのめり込む。イギリス公使館を焼き討ちしたり、国学者である塙忠宝（はなわただとみ）を襲撃したりと、尊王攘夷の志士の中でも武闘派として活躍。その頃、父の勧めで同じ松下村塾の門弟・入江九一（くいち）の妹・すみ子と祝言を挙げたのでした。と言っても志士として全国を飛び回っているので、夫婦生活なんてものは無かったでしょうし、ましてや親が言うから仕方なく結婚したので、妻に対する恋情・愛情というものは無かったのではないでしょうか。

そうこうするうち、22歳でイギリスへ密航。そこで西洋の凄さを目の当たりし、攘夷思想が変わっていきます。

「このままでは、西洋と戦争しても負けてしまう」

そう考えた博文が西洋との戦いをやめさせようとしたため、裏切り者とみなされたわけでございます。そして命を狙われ駆け込んだのが、あの亀山八幡宮だったのです。そこで梅子に助けられるという、まさに運命のような出会い。


相思相愛になった2人ですが、博文は倒幕のため忙しく活動。京に、江戸に、長崎にと飛びまわっています。ですから2人が会えるのは、博文が下関にいる時だけ。会えない日々が続きますと、十代の梅子の心は不安になります。

(俊輔さんにはお武家の奥様がちゃんといるのだもの。わたしなんか……ただの遊びなんだわ)


そんな折、梅子は家の借金のカタに芸者置屋・いろは楼に身売りされてしまいます!!


さっそく大店(おおだな)の旦那の席に付けられた「お梅」。女将が、

「新しく入ったお梅でございます」

「おお～、これは上玉だねぇ。きっとここの看板になるよ」

「まだ見習いですけども、どうぞ贔屓にしてやってくださいな」

「どうぞよろしくお願いいたします」

貧しい家に生まれた梅子。いつかこうなることは、どこかで覚悟していたのでしょう。

頭でそう理解しようとしても、心が追いつかない。

(俊輔さん、こうなる前に会いたかったわ。『お前が一番好きだ』なんて嘘ばっかり!

ずっと一緒にいたいなんて大嘘つき!!)


そんな中、久方ぶりに下関へと帰ってまいりました博文。

仲間から「梅子が芸者置屋に売られた」と聞くや、

「な、な、なんだって――!!」

すぐさま置屋へと駆けつけたのです。


「梅、梅はおらぬか!?」

「な、な、なんですあなたは？　玄関先でそんな大声を出して。一体どなたなんです？」

「ワシは伊藤俊輔という者だ。梅を身請けしに来た」

この声を聞いて奥の間から梅が出てまいりまして、

「あ、俊輔さん……」

「おお～梅、息災でおったか。すまない、ワシが長く留守にしておったばっかりに」

「あの～玄関でなんですから、奥に上がってくださいましよ」

奥の間で主を前に博文は直談判。

「ワシはお梅と惚れ合った仲ゆえ身請けをしたい。金はいくらでも払う」

「これはこれはありがたいことでございます。ありがとうございます、ウハハハ……」

と言うかと思いきや、

「伊藤様とおっしゃいましたね？　お武家様とお見受けいたします。失礼でございますが、奥方様はいらっしゃるのでしょうか？」

「まあ、親が決めた嫁がおるが……」

「左様でございますか……お梅はわたしどもにとって、将来とても有望な娘でございます。お金を出すから『はいそうですか……』と、承知するわけにはいきません」

「なに？　だから金はいくらでも出すと言っておるだろ」

「お金だけの問題ではございません。お梅を伊藤様の正室にしてくださるなら承知いたしますが、妾奉公となるのであれば、お断りさせていただきます」

「……」

黙り込んでしまった博文。さっきの勢いは一体どこへ。

「あの娘のためにも、どうぞよ～くお考えくださいまし」

この問いに、情けなくも二の句が継げなかった博文。

（たしかに梅のことは大好きだ。愛している。しかし、親が決めた妻もいる……）

この時代、家と家との結婚でございます。ですから好いた惚れたの恋愛結婚に走るのは例外も例外。本当に好きな女は妾にするというのが、この時代でございます。

真剣に悩みました博文。

「どうしたものか……」

その時、脳裏に浮かんだのが、あの亀山八幡宮での出会いだったのです。

（梅の咄嗟の機転、行動で助けられた。窮地を救ってくれた梅子は観音様。菩薩様。いや……ワシにとってのねね様かもしれん。そうだ！　これからのワシには梅が必要なんだ!!）

そう確信した博文は、さっそく親を説得。妻と離縁し、晴れて梅子と祝言を挙げたのでした。

「今日からお前はワシの妻ぞ!!　ワシは今の世の秀吉になる。お前はねねだ!!

一緒に天下を取るんだ!!　どんなことがあっても、ずっとワシといるんだぞ!!」

「は、は……はい」

と言うと梅子、袖で顔を覆ったのです。

「梅、なんで泣いている?」

「すみません。あまりにも、あまりにもありがたくて」

(貧しい生まれで学も無ければなにも無いこのわたしを、俊輔さんは選んでくれた……

一生、一生どこまでもついて行きます)

梅子の覚悟

慶応3年(1867年)。徳川最後の将軍・慶喜(よしのぶ)が政権を奉還。ここで鎌倉時代から続いておりました武家政治が終わりを告げ、天皇を中心とする新政府が誕生したのです。明治新政府において博文は、海外留学経験とその語学力を買われまして、兵庫県知事に就任いたします。ですから梅子は県知事夫人になったわけです。まあ、今で言うとキャバ嬢になりたての娘が、いきなり県知事夫人になるようなものでしょうね。

しかし、この地位でとどまらないのが博文。彼が凄いのは、地位や名誉・お金だけが欲しくてやっていたのではないところですね。明治の偉人たちのほとんどがそうだと思うんですが「よい日本を造る」、「西洋列強に負けない国を造るんだ」、「しっかりとした国を造るんだ」という志を抱き働いていたんですね。

さあ博文、東京へ移りまして高級官僚となり、通貨制度の確立や鉄道の開通に尽力。まさに近代日本の礎を築いていきます。そして明治11年、内務卿に就任し政府の中心人物へと昇りつめます。そして外国との不平等条約を改正するため、鹿鳴館(ろくめいかん)外交を始めたのでした。


「梅、これからは外国人相手のパーティーをちょくちょく開催するぞ」

「まあ、またどうして？」

「列強諸国の外交官に対して、我が日本は文明国だと知らしめるためだ。我が国は列強諸国と対等な国だと示し、不平等条約を解消せねばならん」

「は～、そうなんですね」

「梅、お前はうんと華やかなドレスを着るんだぞ」

「え……わたしも出るんですか？」

「当ったり前だ！　西洋ではパーティーに必ず妻を同伴するんだ」

「で、でも……わたしがそんなところにいたら、あなたが恥をかきますよ？

だってわたしは学も無いし、英語どころか日本語だって……」

「はっはっ、小さいことは気にするな。ワシだって百姓の倅からここまで来たんだ。いいか？

お前は美人だ。その美しさと笑顔で、外交官たちをもてなしてくれればいい」

「で、でも……」

「人生ハッタリが必要だぞ。ワシの妻なんだ。堂々と悠々と笑顔で構えておれ」

と言われましたが、不安な気持ちは拭えません。


梅子は渋々と鹿鳴館の落成式へ。目の前にそびえ立ちます白亜の洋館。今まで日本の木造家屋しか見たことのない梅子にとって、それはまさに夢の世界、ワンダーランドだったのです!!

「まあ、伊藤様の奥様ですね？　噂通りお美しいお方。わたしは大山巌の妻、捨松でございます」

「鍋島直大の妻、榮子でございます。よろしく」

「岩倉具視の三女で戸田氏共の妻、極子でございます。よろしく〜」

「あっ、あっ……わたしは伊藤の妻の梅子でございます」

「梅子さん。今度ね、歌会があるんですよ。ぜひ参加してくださいまし。

楽しみにしておりますわ。おーっほっほっほっほ」

（みんな、立派な出自の女性たち。それに比べてわたしは貧しい家に生まれ、読み書きもろくにできない。芸者置屋に売られた女だわ。そんなわたしが、こんなところにいていいのかしら。場違いよ。怖い、怖い、早く逃げたい……）

そんな時に思い出したのは、かって博文に言われた

『どんなことがあってもワシと一緒にいるんだぞ』という言葉でした。

（そうだ！　あの人について行くって決めたんだ。ここで逃げたら終わってしまう。負けるもんか。あの人だって百姓から這い上がって、今ここにいるんだもの。わたしも負けない!!　同じ人間じゃない、同じ女じゃない。やれるだけのことをやるんだ!!）

そう決心した梅子。まあ元来、芯の強い負けず嫌いの頑張り屋さんです。日本語の読み書きはもちろんのこと、英会話、お茶にお花に短歌に俳句、はたまた社交ダンスと、朝から晩まで勉強・稽古・レッスン・レッスン・レッスンの日々。

「あの人に追いつかなきゃ。あの人に相応しい女になるんだわ!!」

人生をかけた博打

そうこうするうち明治18年（1885年）、伊藤博文が総理大臣に就任。梅子は日本初のファーストレディへ!!　この時、首相官邸にて博文が主催する舞踏会が開かれ、梅子は外国人たちを前に流暢な英語で堂々と挨拶。大喝采を浴びたのでありました。

こうして天下一の男となった博文は、『今太閤』と呼ばれるようになったのであります。なぜならキャリアだけでなく、あちら（女関係）の方も太閤（秀吉）にそっくりだったからです。博文の女好きは首相になってから始まったのではなく、もう青年の時からというか生まれつきそうだったようで、行くところ行くところ女がいる。

大日本帝国憲法の草案を神奈川の別荘で仲間たちと作っている時、水揚げした芸者・貞（のちの川上貞奴）を連れ、合間を見ては一緒に水泳をして戯れていたり、はたまた首相官邸での舞踏会で戸田極子に関係を迫ってフライデーされたり……。まあ、とにかく全国に女がいる!!　本当に芸者遊びが大好きだったようで、またその女遊びを隠すことなく堂々とやるもんですから、マスコミの格好の餌食なわけです。『好色宰相』とか『ほうき』とかコピーまで付けられちゃって、これが明治天皇の耳に入りまして、『少しは慎んではどうか？』と言われたとか。

「ワシをとやかく申す者の中には、密かに囲い者を置いて楽しんでいる者もおる。だがワシは公許の芸者を堂々と呼んでいるだけです」

と言い放ったってんですから、開き直りを通り越しまして、清々しささえ感じてしまいます。この時代、外に女がいるのは暗黙の了解、男の甲斐性と言われた時代ですから。百歩譲ってそれを理解するとしても、博文が凄いのは自分の家に愛人たちを連れ込んだことなのです!!

大磯に豪邸「滄浪閣（そうろうかく）」を構えた頃のこと、自分の気に入った芸者を連れ帰って来たのです。それも夜遅くに。


「梅、帰ったぞ」

「御前様、おかえりなさいませ」

「こちらは芸者の小吉だ。いま、ワシのイチオシの芸者だ。今日泊まっていくぞ」

「ちょっとあなた、なんの真似ですか！　遊ぶなとは言いませんよ。ですが、娘もいるんですよ。遊びは外でやってくださいまし！　それが浮気のルールでしょ!!」

「なにを～？　ワシに口答えするのか――!!」

「当ったり前だよ、ざけんなー!!　それにそこの芸者!!　のこのこ家までついて来るんじゃねーよ――!!」

「なんですって――!!」

と、3人の大修羅場が勃発～～～!!　……となるのが普通のご家庭、普通の夫婦でございます。

ところが梅子、この芸者に向かってニコッと微笑み、

「大磯まで遥々ご苦労様でございます。御前様はご公務で大変忙しいお方だから、あなたみたいに若くてキレイな方に慰めていただくのが一番の気休めになるのよ。御前様はあなたのことを大層気に入ってらっしゃるから、ときどき来て慰めてくださいね」

芸者にしてみれば、正妻からなんて言われるかビクビクしていたところ。そこでこんなことを言われちゃったもんですから、

「あ、あ……はい。精一杯ご奉公させていただきます」

と言ったとか、言わないとか……。


また、何人か芸者を連れ帰った夜もあったそうで……。「え?　夜の営みはどうなるの?」と気になるところでございます。1人との睦み合いが終わりますと鈴を鳴らし、次の芸者と入れ替わりまして、またその芸者と睦み合いが始まる。たまに複数人同時に睦み合うということもあったんでしょう。一国のリーダーともなると、それくらいのパワー・精力がなければ務まらないんでしょうね。

まあ、博文は総理大臣に4度も就任しておりますから、体力・気力・精力が常人とは違うんですよ。

この博文の浮気というか女遊びを、大きな器でもって許しておりました梅子ですけど、本当に嫉妬

とか無かったんですかね～。同じ女として疑問に思うんで、梅子さんに聞いてみましょう。

「梅子さん、博文の女遊びに対して嫉妬の炎が燃え盛ったことはないんですか？」

「そりゃ～わたしだって女ですもの。浮気に頭を悩まして、阿修羅の如く怒ったこともありましたわよ。と言ってもまだ若い頃ね。兵庫県知事に就任した時でしたね～。その頃ちょうど次女の生子が生まれる時だったわ。料理屋の娘といい仲になってね」

「ということは、梅子さんの妊娠中に浮気をしたってこと？　最低な男ですね、博文って」

「まあ、あの方にはそんな理屈は通らないわね（笑）。結婚して2年も経たない頃だったから、物凄い勢いで喰ってかかったのよ。『あなた、わたしのこと一番好きだと言って一緒になったじゃない。なんのために前の奥さんと別れて一緒になったのよ？　どういうことよ!!』って。そしたらあの人『なに言ってんだ？　お前が一番好きだよ』って言うの。『それじゃあ、その娘と手を切ってくれるわね？』って言ったら『よし分かった』って。当然もう会わないでくれると思ったけど、隠れて会ってたのよ。もう我慢ならなくなって、あの人の盟友・井上馨さんに頼んで、その娘の縁談を決めてもらって嫁がせたわ。まあ、わたしも若かったしね～。その頃は、ほかの女と遊んでいるのが嫌だったわ。でもお互い歳を重ねて、だんだんとあの人が出世していって、社会的にステージが上がっていくと、あの人にとって仕事と女遊びは対（つい）なんだなと感じてきたの。あの人から女遊びを取ったら、仕事もできなくなってしまうんだろうなって……」

「はあ……。それってもう菩薩様とか、聖母マリア様のような境地ですよね……」

「あの人といて鍛えられたようなものね」

「その兵庫の一件以来、女遊びにひと言も口を出さなくなったって本当ですか？」

「あの人が総理大臣になってからかな～、一度だけ叱ったことがあるわ」

「まあ、珍しい……なにがあったんです？」

「うちに住み込みで働いていた女中に手を出して、孕ませてしまったのよ。まだ年端もいかない、これからの娘によ？　だから烈火の如く怒りましたよ。『なんてことをするんです、あなたは!!芸者相手の遊びなら、なにも言いませんよ。でもこの子は素人で、将来がある娘でしょう？いい加減にしなさい!!』って。この時ばかりはあの人も、さすがに平伏しておりましたよ」

「は～、若い女が好きだと豪語している博文ですけど、犯罪レベルに若すぎたんですね……。では梅子さん、最後に一つ。博文は女遊びが息抜きだったようですけど、梅子さんだってファーストレディとして相当のストレスがあったと思うんです。なにか息抜きすることとかあったんですか？」

「うふふ……わたし実は賭け事が大好きなんですの」

「賭け事？　というと？」

「花札」

「えー!?　マジで!?」

「マジです!!　わたし結構強かったんですよ。ただ、あの方はやらないし、わたしがしていると怒るので隠れてやってました……てへっ。それも朝まで……てへっ!!」

「博文も博文なら、梅子さんも梅子さんだわ～!!　まさに博文に人生を賭けたのね。しかも博文が天下一の男になったんだから、梅子さんの勝負勘ハンパないわ～。あっぱれ梅子さん!!」

「てへへ……」チャン、チャン♪

愛しい人との別れ

伊藤博文は総理大臣として近代国家の礎を築くため、列強諸国に負けない国を造るため、日々働き奔走し頭を使っていました。その疲れた肉体を労り、昂る神経を鎮め、疲れた脳を休めるには若い女性の肉体や笑顔、匂いが必要だったのかもしれません……。

それを梅子さんも分かっていたのだと思います。五十を過ぎた自分には、到底その役目はできない。それは若い子たちに任せ、自分は違うところ、自分にしかできないところで、博文を支えていこうと思ったのではないでしょうか。若さや艶では負けても、それを凌駕する絆というものを自負していたのかもしれません。

激動の明治の世。日本は日清・日露戦争に勝利し、西欧列強諸国と肩を並べるほどの勢いを持っていきます。

「梅、満州・朝鮮問題についてロシアの要人と話し合うため、ハルビンに行ってくる。ワシも69だ。そろそろ外遊は体に堪える。帰って来たらゆっくり温泉でも行くかのう?」

「ええ、そうですわね。たまには水入らずで。どうぞ御前様、気を付けていってらっしゃいませ」

これが最後の別れでございました。

明治42年(1909年)、ハルビンの駅に着いた伊藤博文は、安重根(あんじゅうこん)によって暗殺されたのでありました。享年69。葬儀は日比谷公園にて国葬として執り行われました。首相官邸から公園にかけ沿道は参列者で溢れ、日露戦争の勝利で沸いた時以上の人出だったそうです。

この時、梅子は取り乱すことなく、凛とした態度で弔問客を迎えたそうでございます。日本のリーダーであった夫、そして苦楽をともにした夫の最後の花道をしっかりサポートしたのでありました。

夫の最後を偲んで、梅子はこういう歌を詠んでおります。

『国のため　光をそえて　ゆきましし　君とし思へど　かなしかりけり』

これまで国のために光を照らし続けてきた、あなたのことを思うと悲しみが溢れてきます。

国を造る、国を守るという壮大な事業に命をかけた夫。それからすれば女遊びに嫉妬するなんて小さなことで、少しでも夫を支えてあげたいと、そう思っていたのではないでしょうか。伊藤博文が近代日本の父であるならば、梅子はまさに近代日本の母と言えるのではないでしょうか。日本初のファーストレディ、伊藤梅子の一席でございました。

女流作家のパイオニア

樋口一葉（ひぐちいちよう）

生年－明治5年（1872年）
没年－明治29年（1896年）

数々の名作小説を世に送り、現代では5000円札にも肖像が描かれている稀代の女流作家。しかしその生涯は決して華やかではなく、恋にお金に病にと苦しんだ――

目指せ明治の紫式部

樋口一葉は現在の5000円札に肖像画がありますから、皆様も当然ご存じかと思います。この方は明治時代、まだ女性が職を持つことすら大変な時代に、女流作家のパイオニアとなった人でございます。わたしは一葉のことがすんごく好きなの！　ほんとに好きなの！　だ〜い好きなの！　でもね、も〜っと好きなのは福澤諭吉……テヘッ。

寄席でこのまくらを振れば、鉄板で笑いが起こります。やっぱり皆さんもお金が好きですね。まあ、これが数年後には津田梅子と渋沢栄一に変わっているわけですが……。

わたしは実在の人物を題材にして創作講談を作ることが多いんですが、後世に名を残す人は、やはりそんじょそこらの才能ではなく、ハンパない並外れた才能を持ってるなあと、つくづく思います。一葉もしかり。編集者との、こんな逸話が残っています。

「一葉先生。あなたは7・8歳の時に全98巻もある、とても長〜い『南総里見八犬伝』を3日で読破したと聞きましたが、一体どうやって読まれたんですか？」

「わたくしは、目が2つあります」

「それはそうなんですが……どういうコトなんでしょう？」
「わたくしは、2行ずつ読むんです」

2行ずつ読む!? 凡人のわたしは1行ずつ、いや1文字ずつ読んで理解するのがやっとな作品なのに、2行ずつ読んで内容を理解するなんて、天才を通り越して奇人の域といったところでしょうね。でもそうでもないと24歳という若さで、今でも読み継がれる名作なんて書けませんわね。今回は、そんな彼女のお話です。

樋口一葉。本名をなつと申しまして、明治5年（1872年）、下級役人の娘として生まれました。小さい頃から読書が大好きで、英雄や豪傑に憧れ、利発で向上心の強い女の子に成長します。まあとにかく、寝ても覚めても読書読書。三度の飯より読書が大好き。

これを見かねた母親のたきは、
「これなつ！ お前は暇さえあれば本を開いて、家事の手伝いもしないで読書読書読書。そんなに読書ばかりしていたら体に毒っしょ!!」

ここまでくだらないことは言わなかったと思いますが、母のたきが何度注意しても言うことを聞かないので、今度は夫の則義に泣きつきます。

「ねえ、あなた。あなたからもなつに言ってやってくださいよ。家の手伝いもしないで本ばかり読んでいるんですから」

「まあ、そうガミガミ言うな。なつには文才がある。仕込めば明治の紫式部になるかもしれん」

「女だてらに物書きなんて冗談じゃありませんよ。女は学問なんかするより家事に慣れて、早く嫁に行ったほうが幸せなんです。まずは掃除、洗濯、針仕事です」

「そう決めつけるな。近年、女性の台頭はめざましいものがある。女流棋士、女流作家、はたまた女流講談師!!　そうだ、針のかわりに張扇を持つ時代が来るかもしれんぞ」

「とっ、とんでもございませんよ。張扇をもって女流講談師にでもなったら、誰かさんみたいに行き遅れるじゃありませんか……（自虐ネタ）」


とにかく本を読むことや勉強することが大好きな一葉は、小学高等科をなんと首席で卒業したのでございます。その後、一葉は進学を希望しましたが、「女に学問は不要」という母の強い反対により、進学を断念させられたのでありました。それでもなんとか娘の才能を伸ばしてあげたいと考えた父は、一葉14歳の時、中島歌子の主宰する歌塾『萩の舎』へ入門させたのでございます。歌の勉強が出来ると喜んだ一葉でしたが、ここは皇族や華族など貴族階級が通う塾でしたから、下級役人とは生活レベルが違う。着る物すら違うんです。現代に置き換えたら、こうなるかもしれません。

「あらA子さんそのバッグ素敵。ヴィトンね」

「あらB子さんこそ、そのお靴素敵。フェラガモね」

「あら樋口さんのお召しになってらっしゃる、その個性的なお洋服はどちらの？」

「しまむらです!!」

「しっ、しまむら？　B子さんご存じ？」

「しまむらは存じあげませんわ～」

「さすが樋口さん。わたしたちの知らないブランドをご存じなのね～」

「おーほっほっほっほっ、おーほっほっほっほっほっ!!」


そんなある日のこと、新春の歌会が開かれることになりました。負けん気の強い一葉は「仲間はみんなライバル。自分の腕で絶対勝ち取ってみせる」と意気込み、その時作った歌が……


『打ちなびく　柳を見ればのどかなる　朧月夜も　風はありけり』

この歌は彼女が15歳の時に作った歌です。わたし今年でウン十ウン歳!!　でも意味すら分かりません。

これはみごとな写生句ということで最高得点を獲得したんだそうです。しかし「出る杭は打たれる」という言葉がございます。勝気で利発で物怖じしない性格の一葉は、良い作品をたくさん作れるものですから、先輩方から相当叩かれたようでございます。『ものつつみの君』のあだ名を付けられるほど、自分を抑えるようになった一葉。まあ、これは萩の舎に限ったことではございませんで、古典芸能の世界でもあるんですねえ……。

そんな折、先輩でライバルでもあった田辺龍子が『三宅花圃（みやけかほ）』というペンネームで『藪の鶯（やぶうぐいす）』という小説を発表し、女流作家として華々しくデビューしたのでした。

「ねえ、ねえ聞いた？　龍子さん作家デビューよ。凄いわねえ〜」
「なんと原稿料33円と20銭も頂いたそうよ」
「わーすごい!!」

33円20銭！　現代に換算すると約40万円。「40万円あったら神田蘭ちゃんのこの本が３００冊も買えちゃうわよー!!」と言ったかどうかは分かりませんが……。

この騒ぎを横目に見ていた一葉は、
「小説を書けばお金になるんだ……。あの人に書けるんだったら、わたしにも書けるはず。だって、わたしの方が才能あるもの。そうだ小説を書こう。小説を書いて身を立てよう」
と夢と希望に燃えていた矢先、父が多額の借金を残してこの世を去ったのでした。とにかく一家の大黒柱として母や妹を養っていかねばならない一葉。夜は小説の勉強をしながらも、昼は針仕事や洗い張りをして生計を立てていたのです。

運命を変えた出会い

苦しい状況でもめげずに頑張っていれば、助けてくれる人が現れるもの。明治24年。一葉19歳の時、東京朝日新聞の専属作家・半井桃水を紹介され、小説の手ほどきを受けることになったのです。初めて桃水を見た瞬間、あまりのカッコ良さにポーっとして、ポカ〜ンと口を開けて陶酔してしまった一葉。

とにかくいい男、美男子、二枚目、好男子（講談師）、つまり落語家じゃない。こんないい男と若い女が、狭い部屋に2人っきりで小説の手ほどき。なにも起こらないわけがない!!　皆さんもそう思いませんか?

そんな雪のある日のこと。うっすらと、でも入念に化粧した一葉は、胸をときめかせ桃水の家を訪れます。

「先生、原稿を見ていただきたいと思い伺いました」

「うん、それでは拝見しましょう。一葉?　……これはペンネームですか?」

「はい」

「なにか意味が？」

「はい。達磨大師が一枚の葉に乗って河を渡ったという伝説からとったのですが、わたし自身も浮世という大きな河に漂う小さな舟に思えたんです。

あと、わたしも達磨大師と同じで、今お足（お金）が無くて……」

「ほう、なかなかシャレが利いていますね。それでは原稿を拝見しましょう。

まず文章が古風すぎます。また内容も固すぎますねえ。自分が書きたいものと売れるものとは違うのです。これでは売れませんね。なんと言ったらよいのか……。

こう人間の欲、男女の愛欲みたいなものを出さないと」

「人間の欲？　男女の愛欲？　先生、それはどういうものなのでしょう？」

「えっ？　それはおいおいゆっくりお教えしましょう。今日はこの辺りにしましょう。

おしるこがあるんですが、食べていきませんか？」

「あっ、ありがとうございます」

おしるこだけに、甘い誘いについつい乗ってしまった一葉。

「さぁ、お上がんなさい」

桃水がおしるこを一葉に差し出す。それを受け取る一葉の手と手が触れ合い、ハッと見つめ合う2人～!!　このあとこの2人がどうなったのか……。この先、一葉の日記が破れていてよく分からな～い!!

桃水は一葉を世に送り出すため、仲間たちと同人誌『武蔵野』を創刊。処女作『闇桜（やみざくら）』を発表させたり、生活費の援助をしたりしたのでした。しかし、すぐに『武蔵野』は廃刊となり、自分の小説がなかなか売れない現実を突きつけられたのです。そしてその頃萩の舎では、桃水との変な噂が流れました。この時に週刊文春があったら、こんな見出しが出たかもしれません。

『激写!! イケメン作家・桃水、女弟子と自宅で×××!?』


そんなある日のこと。一葉は師匠の中島歌子から呼び出されます。

「樋口さん、ちょっと来て。あなた、男の人の家に出入りしているそうね？」

「あっいえ、半井桃水先生から小説の指南を受けているだけです」

「小説の指南？ 指南？ 指南!? つまりレッスン!! なんのレッスンだか分かったもんじゃございません。嫁入り前の娘が男の人の家へ通うなんて言語道断。この萩の舎の看板に傷がつきます。結婚するのでなければ今すぐ別れなさい。さもなくば、この萩の舎を辞めてもらいます」

とピシャリ!!


さあ困った一葉。なぜなら成績が良かったものだから、萩の舎のアシスタントを任されていた。生活苦の一葉にとっては、そのアシスタント料が大きな収入源。でも桃水も大好き。このあと一葉は、どんな行動に出たでしょうか？ 三択です。

1．師匠・歌子の言う通り桃水に別れを告げた
2．師匠・歌子の言葉を振り切り桃水を選んで萩の舎を辞めた
3．師匠・歌子の目をくらまし、萩の舎に通いながら桃水のところにも通い続けた

3を選んだ方はしたたかです。2を選んだ方はズバリ愛に飢えています!! 正解は1。師匠に言われるまま、桃水に別れを告げたのです。なぜか？ もっと深堀り。ここで観相学!! 5000円札を見てください。まずは口唇。上下とも、とても薄いんですね。こんな方は愛欲に溺れない。だから一葉も桃水のことは好きだけど、どこか冷静に見ているところがあったんですね。この桃水に師事していれば道が開けると、期待というか計算していた部分もあった。

しかし、一向に原稿が売れる見込はない。自分は大黒柱としてお金を稼ぐ必要がある。恋に溺れてはいられないから、好きだけど桃水に見切りをつけた。で、もう1つの特徴は眉なんです。しっかりとした一本眉。これは男眉と言われ、強い意思の持ち主。こうと思ったらやり遂げる精神力を持っている。小説の師である桃水に別れを告げたけど、その後の一葉は1人で必死に勉強するんですね。

針仕事や洗い張りの合間に図書館に通い勉強勉強!! 「なんとか売れる小説を書きたい、原稿料をもらうんだ!!」と頑張るんです。一本眉は男眉ですから、男に頼らない。自分の力で切り拓くタイプなんです。題して『結婚できない眉』!? 有名人で言うと女優の天海祐希さん。お笑いタレ

ントの久本雅美さん。もっと身近で言うと神田蘭……。

とにかくこうして愛しい桃水に別れを告げました。この時に詠んだ歌が……

『いととしく　つらかりぬべき　別路を
あはぬ今より　しのばるる哉』

ざっくり言うと「あなたと別れた今、とても辛いのに、これからもっと辛くなるに違いないわ……（涙）」のような意味です。

ライバルからの助け

それからというもの、必死に勉強していた一葉。

ある日のこと、先輩でありライバルでもある田辺龍子から呼び出されます。

「一葉さん、最近元気が無いわねえ。どうかしたの？」

「あ、いえ……そっその、一葉だけに胃腸の調子が……」

「下（くだ）っている割には、くだらないこと言うわね」

「すみません。実はいつも肩が重くて」

「あなた、まだ桃水さんのことが忘れられないのね」

「えっ!?」

「これが本当の片思い（肩重い）ね。とにかく元気が無いのはあなたらしくないわ。しっかりしなさい。はい、これ!!」

差し出しましたのは、当時の商業文芸雑誌『都之花（みやこのはな）』でした。今で言うと『オール讀物』とか『文藝春秋』とかでしょう。

「都之花!!」

「あなたを推薦しといたわ。いい作品期待してるわよ」

「た、龍子さん。いや花圃さん、ありがとうございます！」目に涙を浮かべる一葉。

「なに、あなたに頑張ってもらって売れてくれないと、わたしだって張り合いがないわ。『窮鳥（きゅうちょう）懐に入れば猟師も殺さず』ってね。それじゃ」


龍子は颯爽と立ち去って行きました。一葉は都之花を抱きしめ泣きました。心の底から嬉しかった。心の底からありがたかった。なんの後ろ盾も無く守ってくれる人もいない。暗闇の中を彷徨っていた自分に、一筋の光を当ててくれたライバル。ライバルが自分を引き上げてくれるって素晴らしいことですね～。わたしどもの世界じゃあり得ませんけど……。

さあ、こうして一葉はチャンスをものにしよう、期待に応えようと必死に小説を書き上げました。これが『うもれ木』という作品。この作品がみごと都之花95号に掲載され、念願の原稿料をもらうことができたのです。

そしてこの『うもれ木』がきっかけとなり、文芸雑誌『文學界』からも声が掛かって作品を発表。作家の友人もでき、作家人生は順風満帆なスタートを切ったように思えました。しかし貧しい暮らしは相も変わらず、質屋通いにサヨナラすることはできませんでした。

本当は小説だけを書いていたい。しかし大黒柱として母妹を食べさせていかねばならない。大変なジレンマを抱えた一葉。そこで思いついたのは商売すること。21歳の時、下谷竜泉寺町に荒物屋（家庭用雑貨屋）を開いたのでございました。

まずは朝に一葉が仕入れをし、その後、妹が店番。そのあいだ一葉は机に向かい小説を書いたのです。そこは吉原遊郭への通り道で、貧しい街でもありました。ここで一葉は社会のどん底に生きる人々の生活を目の当たりにしたのです。この時の経験が、のちにあの名作『たけくらべ』を生んだのでございました。

さて、店を開いて半年ほど過ぎた頃、だんだんとお客が子ども中心となり、駄菓子屋のようになってしまって商売が立ち行かなくなってしまいます。

ある夜。母、妹が寝静まったあと、文机（ふづくえ）を前にうなだれる一葉。

「はぁ〜、なにをやってもうまくいかない。わずかな売上にあくせくして、こんなところに身を置いている場合じゃない。どうしたらいいんだろう。でもお金もない。小説家として世に出るための後ろ盾もない……。はぁ〜、どうしたらいいんだろう」

そこで思い出したのは父の声。

『お前なら明治の紫式部になれる』

「わたしに出来るのはやっぱり書くことだ」

奇跡の14ヶ月

決意を新たにした一葉、22歳。竜泉寺の荒物屋を畳み、本郷丸山福山町に移り住んだのでございました。そこは居酒屋が建ち並ぶ新開地。居酒屋と言ってもただの居酒屋ではなく、店の奥や2階では売春が行われていたのです。貧しさゆえ酌婦をしながら身を売る女性がたくさんいました。

ここで一葉は、知り合った酌婦の恋文を代筆していたそうです。身を削る厳しい状況に生きる女性たちの決して叶わぬ恋に触れ、自分と桃水がオーバーラップしたのではないでしょうか。作家としての衝動に突き動かされていきます。『自分はなにが書きたいのか。自分は今、この世になにを書くべきなのか』。それが自分の中でハッキリと分かったので、まるで堰を切ったかのように、なにかに取り憑かれたかのように小説を書き始めます。

ここからが、かの有名な〝奇跡の14ヶ月〟の始まり。『やみ夜』、『大つごもり』、『十三夜』『たけくらべ』を世に送り、一葉は一気に今をときめく女流作家となったのでありました。

そして酌婦を主人公にした自伝的要素の強い作品『にごりえ』を発表するや、たちまち作品は激賞され、巷では『女・井原西鶴、現る』と言われるまでに！　さらに森鴎外からも『真の詩人』と評され、まさにブレイクを果たしたのです。

そしてこの頃、貧しさゆえ不遇な生活を強いられる女性たちを救済するため、新たな事業を考え始めます。ところが事業もこれから、小説家としてもこれからという矢先、一葉の体に病魔が忍び寄ってきたのです。その名も肺結核。咳き込みながらも必死に文机に向う一葉。

「ゲホゲホ、ゲホゲホッ」

「お姉ちゃん!!　書くのはそのあたりにしてもう寝たら？」

「だ、大丈夫……ゲホッ。くに、大丈夫だって。書かないと〆切りに間に合わないでしょ。大丈夫……ゲホゲホゲホッ」

「お姉ちゃん、お願いだからもうやめて!!」

しかし秋が深まるにつれ、一葉の病気もどんどん酷くなっていき、とうとう寝たきりになってしまいました。

「ねえ、くに」

「なあに?　お姉ちゃん」

「お願いがあるの。わたしが死んだらお母さんのことを頼むわね。あと……借金のこともごめんね。そしてわたしの書いた原稿・日記は、全部焼き捨ててちょうだい。お願いよ」

「お姉ちゃん、なんてこと言うの?　そんな気の弱いこと言わないで。早く元気になって、もっともっと書くんでしょ?」

「ああ、そうね。わたしにはまだまだ書きたいものがたくさんあるんだわ……」

一葉はそう言葉を残すと静かに息を引きとり、短くも波乱の人生に幕を閉じたのでございました。

享年24。

一葉の死を哀しみ、多くの人たちが葬儀への参列を希望しました。しかし、母や妹が香典返しのお金が無いという理由で参列を断わったため、葬儀は身内だけの10人たらずでひっそりと行われたのでございました。

生前、一葉は遊廓で必死に生きる人たちを描き、貧しさゆえ身売りさせられる女性たちの救済事業を考えておりましたが、その望みは叶いませんでした。

一葉は今頃天国で、こんなことを言っているのかもしれません。

「皆さん、わたしの24年の人生をざっとお読み頂きましたが、いかがでした？
『講談師、見てきたような嘘をつく』と言いますが、ずいぶんな荒業よね？
晩年は作品がヒットして印税がガッポリ入ったなんて言われるんですけど、
当時は印税じゃなくて買い取りなのよ!! 常に質屋通い!!
とにかく生涯お金に苦労したわたしが、今じゃお札になっているんだから、
世の中皮肉なもんでございますねえ」

一葉の人生は、決して思い通りに行くものではございませんでしたが、その不遇の人生、叶わぬ恋があったからこそ、今なお読み継がれる名作を作り上げられたのではないでしょうか。

明治が生んだ孤高の女流作家、樋口一葉の一席でございました。

日本の女優第一号

生年－明治4年（1871年）

没年－昭和21年（1946年）

大河ドラマの主人公になるほど劇的な人生を歩んだ元祖・舞台女優。日本国内にとどまらず欧米でも高い評価を得た彼女。その隣には鉄砲玉のような男がおりました

天下一の男による水揚げ

皆さま、マダム貞奴という名前をご存じでしょうか？　この方は明治33年（1900年）に開催されたパリ万国博覧会で一躍脚光を浴びた日本人アーティストであり、日本の女優第一号となった川上貞奴様でございます。

この川上貞奴、本名は小山貞と申しまして、明治4年（1871年）、代々両替商を営む家に生まれます。しかし明治新政府となり銀行が誕生しますと、次第に両替商の仕事が無くなっていき家は没落。そこで貞7歳の時、日本橋葭町（現在の人形町あたり）にある芸妓置屋・浜田屋に、まずは女中として預けられたのですが……。

栴檀は双葉より芳しの言葉通り、浜田屋の女将・亀吉が貞を一目見るなり「こりゃあ、なかなかの上玉だ」と、とても気に入り、自分の養女にして「小奴」という名を与え、芸妓として育てたのです。

貞奴の写真は今でもたくさん残っておりますが、本当に美しい!!　現代に甦ってもナンバーワン女優になるんじゃないかってくらい美しい!!　彼女は持って生まれた美貌、気の強さ、頭の良さ、そして才能でもって日本舞踊や唄、三味線など様々な芸を身に付け、たちまちのうちに評判の芸者へと駆け上がっていきます。そして葭町で一番の芸者が継ぐ名「奴(やっこ)」を襲名します。

こうなると葭町のピカイチ芸者「奴」を、誰が水揚げするのかが世間の話題に。水揚げするとは、いわゆる大人の女性にする、そして旦那、つまりパトロンになるということ。

「奴はいい女だなぁ。よし!! オレが旦那になる!!」

「いやオレだ!!」

「なにを!? オレこそが旦那だ!!」

と手を挙げたところでなれるもんじゃあない。

地位、名誉、そしてなにより財力がなければ旦那にはなれません!! さあ!! 栄えある旦那の座を手に入れたのはいったい誰なのか――?

驚くなかれ!! あの伊藤博文!! そう、日本初の総理大臣になったスンゴいお方。この方が、のちに日本初の女優となる奴さんをモノにしたのです!! もっと言えば日本一の男が、日本一の女をモノにしたわけです!! 総理大臣が芸者のパトロンって、今じゃ考えられないことよね。今そんなことしたらマスコミや国会から袋叩きの末に追いやられ、露と消えてしまいますよ。とは言いましても、この関係は仕事上の付き合い。

その後も彼女は、当時としてはハイカラな女性として人生を謳歌していきます。馬術、水泳、ビリヤード!! イケイケってやつです。

そんなある日のこと。いつものように馬に乗って散歩しておりますと、突然大きな野良犬が目の前に現れ「ウーワンワンワン!!」と奴を睨みつけた。

「こりゃ美味そうな女だ! ヘッヘッヘッ、食っちまえ!!」

わたしの講談は犬の心理描写もいたします。この野良犬、再び唸り声を上げ襲いかかろうとする。すると奴が乗っている馬が「ヒヒヒヒ〜ン!」と暴れだしたからさぁ大変。馬上の奴が振り落とされそうになる危機一髪、絶体絶命。「あ〜もうダメだ」と思ったその時——

「こら!!」という大声と共に颯爽と現れた一人の青年。

「ほれ、あっち行け! シッ、シッ、シッ!!」

棒切れ片手にみごと野良犬を追い払い、

「もう大丈夫だ……あっ、大丈夫ですか?」

「あっはい、ありがとうございます」

と互いに見交わす顔と顔。

（おおぉ、なんて美しい娘なんだ！　なんだこの感覚。胸がドクドク、いやキュンキュンする）

（まあ、なんて素敵な人。男らしいけど嫌味がなくて知的な感じ。それにカッコイイ）

15歳にしてすでに男に慣れていた奴ですが、初めて異性に対するトキメキを感じたのでした。

「それは良かった。お気をつけて。それでは失礼します」

「ありがとうございました、さようなら」

とは、すんなり帰さないのが奴です。

本能や直感に正直な女はチャンスを逃さない。もっと言えば狙った獲物は逃さない！

「あっ、お待ちください。お、お名前は？」

「わたしは岩崎桃介（ももすけ）と申します」

「桃介さん？　かわいらしいお名前。わたしは奴、葭町で芸者をしています」

この出会いをきっかけに2人は恋に落ちたのです。桃介18歳、奴15歳の時でございました。この岩崎桃介という方、貧しい家の生まれで、慶應義塾の学生でした。いくら好き合った2人でも、葭町のナンバーワン芸者と貧乏学生、うまくいくわけがございません。

そうこうするうち、桃介に縁談が持ち上がりました。その相手とは、なんと慶應義塾の創設者・福澤諭吉、その娘だったのです。桃介は非常に優秀な学生で、また駆けっこも速いという文武両道を絵に描いたような青年。それになんと言っても超～イケメン!! 写真が残っていますが、眉目秀麗、姿色端麗、水も滴るいい男。それが諭吉の目にとまったというわけでございます。さすが奴が惚れただけの男です。

桃介だって立身出世を夢見て、埼玉の田舎から慶應義塾に入ったわけです。この縁談は出世の足がかりになる絶好のチャンス。これは断れないでしょう。悩みに悩んだ末——

「奴さん……あの……大事な話があるんだ」

「大事な話ってなあに?」

「あの……その……」

「やだ～、聞きたい聞きたい! ハ・ナ・シ・テ! チュッ♡ チュッ♡」

(あ～、たまらない奴さんのキッス……でも、ここで断ち切らなければ!!)

「奴さん!! 実は……」

「じ・つ・は? チュッ♡ チュッ♡」

「う～～。じ、実は福澤諭吉先生の娘・房さんと結婚することになったんだ。そして僕はアメリカに留学することになった。だから奴さんとはお別れしなければならないんだ!!」

と、一気に言い放ったのです!!

ガーン!!　青天の霹靂。いきなり言われてびっくりシーン。頭も心も整理が追いつかない。

(えっなに?　なに?　なに?　どういうこと……)

「今の僕には奴さんを身請けするほどの器量もなければ甲斐性もない。こうするしかなかったんだ。すまない。許してくれ!」

と、両手を畳につき頭を下げる。

「そんな……そんなヒドいわ!　桃介さん、あたしを捨てるなんてヒドい〜〜〜」

ウウーッと泣きすがる!!——なんてことは1ミリたりともしないのが奴さんです。〝芸は売っても身は売らぬ〟をプライドに、芸者の粋を地で行く奴。ふっと笑みを浮かべ、

「桃介さん、頭を上げてくださいな。桃介さん言ってたじゃない。『僕の夢は政治家になることだ』って。アメリカでしっかり勉強して、必ずなってくださいな」

「……奴さん」

「歩む道は別でも、あなたはあなた、わたしはわたしの道で必ず成功しましょう」
「うん、必ず……」
こうして奴に別れを告げた桃介は、縁談を受け入れアメリカへと旅立ったのでした。

出会いと結婚

一方こちらは奴さん。桃介の前では気丈に振る舞ったものの、まだまだ若い身空。生まれて初めての恋に破れ、荒れに荒れに荒れ狂います。自暴自棄になって色恋に走り、当時の横綱・小錦や、歌舞伎役者の中村歌右衛門らと浮名を流す。なんとなく仕事もおざなりになっていきます。

これを見かねた養母の亀吉が気分転換にと、当時人気を集めていた壮士芝居に奴を誘ったのです。この壮士芝居に出かけたことが、彼女の人生を大きく変えたのでありました。

当時、一大ブームを巻き起こした壮士芝居。奴が出かけましたのは、浅草は西鳥越町にありました中村座。演目は『板垣君遭難実記』というもの。舞台に現れたのは、散切り頭にハチマキ巻いて、羽織袴に陣羽織、手には日の丸の軍扇という出で立ちの川上音二郎。この大男が大きな声を張り上げて歌ったのが『オッペケペー節』です。

『♪権利　幸福きらいな人に　自由湯をば飲ましたい
♪オッペケペ　オッペケペッポー　ペッポッポー』

今で言えば政治批判のラップといったところでしょうか。
こんな芸は今まで無かったから観客は大興奮。ワーッと歓声が起こり拍手大喝采!!

この川上音二郎という男、文久4年（1864年）、九州は博多にて商家の次男として生まれます。14歳で家を飛び出した音二郎、まずは大阪へ。そこから東京へと流れ着き、増上寺の小僧として生活。そこで増上寺へ毎日散歩に来ていた福澤諭吉に見い出され、慶應義塾の書生（住み込みで雑用も担う学生）になります。見い出され!?　怪しい……。音二郎のことだから、自分から売り込んだような気がする。うまいこと言って。

天下の慶應義塾の書生になれたのですから、寝る間も惜しんで勉学に励む!!――ということはなく、金持ちの学生の門限破りを手伝ってはお小遣いをもらい、そのお金でもって寄席に通い、落語や講談を観ていたんだそうだ。
その後、警視庁巡査になるも続かず反政府活動にのめり込み、逮捕されること投獄されることも幾度となくあったとか。そのあいだに落語家になったり講談師になったり、まあ色んな職に就くのですが、そうこうするうち社会風刺ソング『オッペケペー節』を作詞し、一大ブームを巻き起こしたのでございます。この人の経歴を改めて眺めると「なんでも屋かい!! わけが分からない、ついていけない!!」と思ってしまいますが、この人の劇的な人生の中では、まだまだ序の口です……。

音二郎の芝居は歌舞伎のようにちゃんと台本があって、しっかり稽古をしてというようなものではなく、ドタバタチャンバラ活劇。台本もあって無いような即興的なもの。勢いとハッタリと体力が勝負の芝居。本当に柔道で投げ飛ばしたりするので、骨折やケガをする役者のため、楽屋に医者が控えていたとか……。命がけだわよ。そこまでやるから、人々から人気を集めたんだろうねえ。

これを観た奴。舞台上でパワー全開で暴れ吠えている狂犬のようなこの男に、すっかり心を鷲掴みにされてしまったのです。終演後、奴は楽屋へ挨拶に向かいました。

「はじめまして。葭町・浜田屋の奴でござんす。素晴らしかったわ!!」
「おう、それはありがとう。奴さんというと天下一の男・伊藤博文が見初めた天下一の女やね。さすがベッピンさんや。ワシは天下一の役者・川上音二郎。よろしく!!」

この音二郎。瞳は少年のようにキラキラ輝いていて、生命力の塊のような男。また、見てきたような嘘を平気でつける講談師のような男。それでいてなんとも言えない可愛げがあって、ほっとけない母性をくすぐる男。今まで知り合った男たちとは毛並みが全く違うタイプ。奴は音二郎に首ったけとなり、時を待たずして2人は結婚したのでありました。

実は2人が結婚する前、音二郎は2ヵ月ほどフランスへ演劇観察に渡っているんです。その費用は、ほぼ奴さんが出したんだとか。初恋の男・桃介も海外留学をしている。音二郎を桃介に負けない立派な男にしたかったのかも。女の意地ってやつかもしれません。

さあ、2人が結婚したとなるや世間は大騒ぎ。そりゃそうよ。奴は天下の総理大臣に水揚げされた日本一の芸者。かたや音二郎はペテン師の代表みたいな男ですから。世間の注目を集めた音二郎率いる川上座の人気は、ますますうなぎのぼり。人気絶頂、得意の絶頂。この波に乗って神田に川上座という劇場を建てたのです。建てたはいいが多額の借金を抱え込んだ。そこでやめときゃいいのに、さらに音二郎、なんと国会議員に立候補！ 今も昔も選挙はお金がかかるもの。案の定、みごと落選!! マスコミにも散々叩かれ、人気はすっかり落ち目に……。借金で首が回らなくなり、とうとう川上座を手放すこととなります。それでも借金取りは追って来る。

さあ、どうする奴に音二郎!! 「そうだ、2人して首吊って心中しよう……」な〜んて、しおらしいことはこれっぽっちも考えません。音二郎、なんとしても生き抜いてやろうと思ったのか、小さな船というかボートみたいなもので築地河岸から海外へ向け船出したのです。考えることがハンパなく破天荒すぎてついていけません!! しかし、これに奴もついていくのです。もちろんボートで海外まで行けるわけもなく、3ヵ月半の漂流ののち、やっとのことで神戸に辿り着きます。このことが世間で評判となり、川上一座にアメリカ行きの話が舞い込んでくるのでした。転んでもただでは起きないとは、まさしくこの人たちのこと!! このアメリカ行きが奴の人生の大きな扉、さらには日本演劇界の大きな扉を開くことになるのです。

マダム貞奴

アメリカを目指し明治32年（1899年）、神戸港をあとにした川上一座。翌年、西海岸に着くと、さっそく例の『オッペケペー節』をやるかと思いきや、なんと歌舞伎の衣装を身にまとい、歌舞伎の真似事をやっちゃった!!


「これがカブキ？　違う!!」

「アンビリーヴァボー!!」

「ブーブーブー!!」ブーイングの嵐……と思いきや!!

「オー、エクセレント!!」

「ジャパニーズ・カブキ！　ワンダフォー!!」と評判に!!

まあ、現地のアメリカ人は歌舞伎なんて観たことないから、衣装の美しさとわけのわからないパワーに圧倒されたのだろう。ところが、川上一座をアメリカへ呼んだ興行師が売り上げを持ってトンズラ!! 異国の地で無一文になった一座。明日のご飯も、いや今日のご飯にもありつけず、食うや食わずの日々。

しかし音二郎の中に日本へ帰るという選択肢はなく、そのままアメリカにとどまることを決意。そんな中、頼りの女形の役者が死んでしまう!! 代役を探すも、女の役は女優がするものという考えのアメリカでは、男の役者が女の役をやるなんて「アンビリーヴァボー、話にならない!!」と、興行師たちは相手にしてくれない。

そこで音二郎、考えました。

「奴さん、すまん。代わりに女形をやってくれ頼む!

このままでは一座みんなが野垂れ死んでしまう。一生の頼みじゃ奴、一肌脱いでくれ頼む!!」

まさに一座の運命は奴にかかっていたのです。自分だって野垂れ死にはできないので渋々承諾し、本名の貞と、芸妓名の奴をかけ合わせ、貞奴という芸名で舞台に立ったのでした。

さあ、その後もアメリカ横断の旅は波乱万丈。音二郎はなんとかアメリカ人の客にウケる芝居をしようと奮闘。ウケないと興行師から声が掛からないからお金も入らず、一座が食べていけませんから。とにかく色々と企んだ。ちょうどこの頃、アメリカでジャパニーズブームが起こっていて、「ゲイシャ」

に東洋の神秘を感じたのか、多くのアメリカ人が魅了されたのです。

また、シカゴ公園で貞奴が鮮やかな日本舞踊『娘道成寺』を踊ると、エキゾチックで妖艶な舞の存在が注目を集めていました。そこで『芸者と武士』という演目を作ると、狙い通りの大評判！

〝芸は身を助ける〟とは、まさにこのこと。音二郎もバカな男ではないから、自分の芸の限界は分かっていたのでしょう。付け焼き刃の勢いだけの芸。それに引きかえ貞奴は、小さい頃から日本舞踊、唄、三味線、琴とみっちり仕込まれている。それはもう歌舞伎役者並みの稽古を積んでいる。底力が違う。芯が違う！　アメリカ人でも、観る人が観れば分かるのでしょう。

貞奴の芸を目玉に遠征を続ける一座。なんと、ワシントンでは小村寿太郎公使の手引きでマッキンリー大統領に謁見!!　この人たちのやること、人生、すべてケタ違いでついていけない。音二郎には「オレ如きが、そんな滅相もない」なんて恐縮するという考え方はないのだろう。凄まじいほどの自己肯定力!!

その後、ニューヨークを訪れた一行。とある劇場でイギリスの劇団がシェイクスピアの『オセロ』を上演し、大変な賑わいをみせていた。すると、音二郎のアンテナがピピピと反応。

「おいみんな、今シェイクスピアちゅうのが流行っているそうだ。
今日はみんなでこの芝居を観に行くぞ!!」

「えー、座長！　そんな金あるなら腹いっぱい飯が食いたいっす!!」

「バカモン!!　寝食忘れて芸に精進せんと、世界の川上座になれんぞ！

腹が減ったなんて気のせい！　がばいばあちゃんも言っとった。気のせい気のせい!!」

とは言わなかったと思いますが……。まあ、そのくらいの勢い。


観劇を終えた一行。

「いやぁー、素晴らしかったなあ」

「本当ね。オセロの役者さんも良かったけど、デズデモーナ役の女優さんサイコーだったなぁ」

「シェイクスピアってのは面白いねぇ。日本にああいう作品はないねえ……」

「いや～、良かった良かった」

と、団員たちがわちゃわちゃ感想を言い合っているその時――

「決めた!!」

一同が振り返ると、足を止めた音二郎が遠くを見据えて仁王立ち。一同、イヤな予感……。

「ざ、座長……なっ、なにを決めたんすか？」

「わしゃ決めたぞう!!」

「あ、分かった!!　今日の夕飯はビフテキ？」

「アホ!!　そんなんちゃうわ!!　オセロだよ!!　オセロをやるんだよ!!」

「オセロをやるったって、盤面も石もありませんよ〜」

「アホ!!　ちゃうわ!!　シェイクスピアだよ!!

シェイクスピアのオセロをやるんだよ!!」

とその時、貞奴が、

「音さん。シェイクスピアやるったって、わたしたち英語喋れないじゃないの!!」

「奴さん、じゃあオレたちはなにが喋れる？」

「えっ？　なにが喋れるって……そりゃ日本語でしょ」

「そう!!　そうだよ日本語だよ!!　日本語でやるんだよ!!」


音二郎の思いつきには慣れているとはいえ、一同これには口をあんぐり。さっそく音二郎、オセロを日本風に作り直してホントにやっちゃった!!　これがまたまた評判を呼び、一座にイギリス行きの声が掛かって大西洋を横断。

で、なんと本場イギリスはロンドンで、その日本風オセロをやっちゃったの!!　「なんだこれは!!　シェイクスピアへの冒涜だ〜〜!!」とはならなかったのよ！　「日本人なのによくやっている!!」なんて評価を得ちゃうの!!

そしてこれが話題になり、ヴィクトリア女王にも謁見しちゃってるんです!!　もうなんて言うの？凄すぎてついていけなくて、書きながら笑ってしまっています!!

とどまる所を知らない一座。今度はドーバー海峡を渡りフランスへ。そして1900年のパリ万国博覧会に出演。もう凄すぎて驚かなくなっているわたしがいます。

すると貞奴の美しさ・華麗な舞・演技は、フランス人をはじめヨーロッパの人々を虜にします。彫刻家のロダンがモデルにと申し込んできたり、画家のピカソが貞奴のポスターを描いたり、作家のアンドレ・ジッド、作曲家のプッチーニやドビュッシー、さらには伝説のダンサーであるイザドラ・ダンカンにも絶賛され、大きな影響を与えたのでした。

そしてパリ社交界では着物風のドレス『ヤッコ・ドレス』が流行。貞奴はここに『マダム貞奴』と呼ばれ大スターになったのです。当時の著名なジャーナリストがこう評しています。

「1889年のパリ万博の目玉はエッフェル塔であったが、
1900年の目玉はマダム貞奴であった」と。

そしてなんと極めつけ。音二郎と貞奴の2人は、フランス政府からアカデミー勲章まで頂いてしま

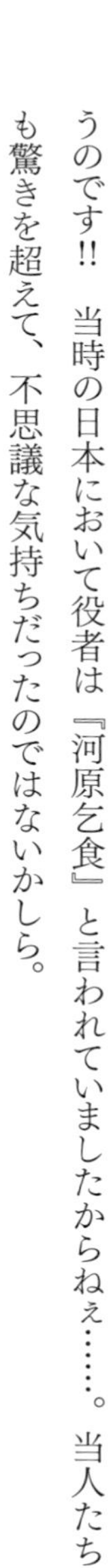
うのです!!　当時の日本において役者は『河原乞食』と言われていましたからねぇ……。当人たちも驚きを超えて、不思議な気持ちだったのではないかしら。

老いらくの恋

さあ、こうして約2年半の波乱万丈、怒涛の欧米巡業を終えて日本に戻ってくると、数千の人々が出迎えてくれたのです。旅立つ時とはえらい違い。まさに凱旋帰国!!　再び注目の的。2人はみごとスターへと返り咲いたのです!

貞奴はこの欧米巡業により多くのことを学んだようで、こんな言葉を残しています。

「わたしはアメリカでたくさんのことを学びました。
日本では踊っている最中、笑顔を見せてはいけません。
アメリカでは笑顔で出てきて、踊っている時も嬉しそうにしなければならないのです。
日本の芸術は女を人形にしますが、アメリカの舞台では、
わたしたちは生きた女性として自分を見せるのです」

帰国後、貞奴は女優を辞めるつもりでしたが、世間がそれを許さなかった。明治36年、日本で

初舞台。演目はあの『オセロ』。日本の女優第一号が、ここに誕生したのでした。この勢いに乗って明治41年。女優を育てるため東京は芝に『帝国女優養成所』を設立し、校長に就任。

そして音二郎はというと、4度のヨーロッパ旅行をし、西洋演劇を本格的に勉強。その知識と経験の集大成として、大阪は北浜に『帝国座』を建てたのでした。もちろん先立つものはお金です。この時、力を貸してくれたのが渋沢栄一や大倉喜八郎といった実業界の大物。そしてなんと貞奴の初恋の相手・福澤桃介も力を貸してくれたのでした。彼は金融業界の大物へと成長。のちに電力王と呼ばれ、日本初の本格的ダム式発電所を建てることになります。

しかし、この頃すでに音二郎の体はボロボロ。そりゃそうだよ。体がいくつあっても足りないくらいの濃密な激しい人生を送ったんだもん。とうとう病に倒れてしまったのです。そして最期を悟った音二郎は、帝国座の舞台の上に寝具を設けてもらいます。

寝具に横たわる音二郎に、

「音さん、分かるかい？　あんたの夢だった帝国座だよ」

「あー、これが劇場かぁ。いい匂いがするぜぇ……。

奴さん、この舞台に立つべき模範俳優を育てるのがオレの夢だ。

オレが死んだら奴さん、お前がオレの遺志を継いでくれ。頼んだぞ」

「うん、分かった。分かったよ、音さん。色んなことがあったけど、あんたといられて本当に本当に楽しかったよ」

「ああ奴さん、面白かったなぁ……ありがとうよ………」

と言うと、48年におよぶ波乱万丈の人生に幕を閉じたのでございました。

その後、貞奴は音二郎の遺志を継ぎ、一座を率いて各地を巡業。大正6年（1917年）に演じた『アイーダ』を最後に女優を引退し、あの初恋の男・福澤桃介と暮らすようになります。いわゆる2号さんってやつですね。

それからも貞奴は、桃介を助け、いろいろな事業を手がけていったのです。若かりし頃、2人は仕方なく別れたけれども、それぞれの道で成功し再会。酸いも甘いも経験した2人は、お互いのすべてを許し、その想いを恋から愛へと昇華させていったのでした。

そして貞奴、昭和21年（1946年）の12月7日、その波乱にして華やかな人生に幕を閉じたのでございます。享年75。

貞奴は日本一の芸者から、日本初の女優にして大スターになりました。しかし彼女は自ら望んでその座を掴んだのではないのです。人との出会い、時代の流れ、人生の歯車が、彼女をそこへと導いたのです。

貞奴は今頃天国で、

「女優になるなんて、これっぽっちも考えたことなかった。

ただ音さんに惚れて惚れて、音さんと一緒にいたかっただけ。

お読みになった通り、音さんは向こう見ずな鉄砲玉のような人。

ボートで海外へ飛び出した時、よくみんなに

『怖くなかったの？　よくついて行ったわね？』と聞かれたけど、

音さんとならば、なんとかなる!!　ううん、なんとかしちゃう人だもの音さんは!!

不安どころかワクワクしかなかった。アメリカ・ヨーロッパ巡業。

色んなことがあったけど、音さんとだったらなんでも乗り越えられちゃう。

ううん、凄いところまで連れてってくれちゃうんだもの。

まるでジェットコースターのような日々だったわ。

そんな音さんが初恋の男・桃介さんに会わせてくれたの。

死ぬまでサービス精神旺盛なエンターテイナーで、憎めなくて……かわいい男だったわ」

と言っているかどうかは分かりませんが……。

日本初の女優として表舞台に立つことを好んだように言われる川上貞奴ですが、彼女は愛する男を支え、その男たちがイキイキと世に出て行って活躍することこそ、心から欲する喜びだったのかもしれません。

実はスンゴい内助の功を発揮する妻であり、美しき裏方であり、男を立てることが上手な選ばれし女性だったのではないでしょうか。あっぱれ貞奴!!

生年－明治42年（1909年）

没年－昭和52年（1977年）

日本映画の黎明期に活躍した大女優。若手後輩女優の台頭、そしてスターとしての重圧……。幾度も折れかけた彼女の陰には、支え続けた男たちの姿があった――

十歳で一家の大黒柱に

日本において舞台女優という職業の扉を開いたのが前章の川上貞奴なら、映画女優という職業の大きな扉を開き、その道を作ったのは田中絹代と言えましょう。

明治42年（1909年）、絹代は下関にて四男四女の末娘として生まれます。2歳の時に父親が他界すると一家の生活が苦しくなり、追われるように大阪へと移り住んだのです。この大阪で琵琶少女歌劇に入団。メキメキと頭角を現し10歳そこそこで、その出演料でもって貧しい一家の生活を支えるようになりました。スジが良かった絹代は、ファンからおひねりをもらうようになる。そのお金で、当時流行り出した活動写真（映画）を観に行くようになったのであります。この時、夢中になった憧れのスターは栗島すみ子。

それから4年後、関東大震災が発生。松竹キネマの蒲田撮影所が壊滅状態となり、松竹は京都に臨時撮影所「松竹下加茂撮影所」を作ったのです。銀幕のスターに憧れていた絹代は、ここで大部屋女優となったのでありました。そんな絹代のもとにデビュー作が舞い込んできます。『元禄女』という時代劇で、当初演じる予定だった女優が病気になり、たまたま絹代に役が回ってきたのです。

「おかあさん、やったよ!!　やった!!　いい役ついたよ!!」

「本当かい?」

「うん、『元禄女』っていう時代劇でね、髪は乙女島田に結って、キレイな着物を着た腰元の役なんだよ」

「お前、やったじゃないか!」

この話が近所にも広まりまして、

「田中さんのところの絹代ちゃんがスターだよ、スター!!　たいしたもんだね~」

「そうだよ、今のうちにサインをもらっておかなくちゃ」

ところが届いた台本を読んでみると、腰元は腰元なんですが、なんと将軍が可愛がっている犬のチンの腰元だったのです。

「あんた、犬の腰元の役だなんて。ったく恥ずかしくて外を歩けやしないよ」

「かあさん。お犬様の腰元だろうと、お猫様の腰元だろうと、どうだっていいじゃない。そんな役すらつけないで悔しがっている女優なんてたくさんいるんだから」

「そうだね……」

「今に見ていて。そのうち絶対顔の出る役をもらってみせるから。そしてスターになって、かあさんに大きな家を買ってあげるからね」

と、ほほ笑んだのでありました。

そうこうするうち、清水宏という監督が絹代のところにやって来て

「田中っていうのは君かい？　毎日鴨川を歩いて渡っているようだが、風邪でもひいたらいかんから、もうやめたほうがいい」

「あっ……はっ、はい」

そうなんです。撮影所は川の対岸。普通は橋を渡って向かうのに、絹代はなんとか目立とうと、川をじゃぶじゃぶ歩いて渡っていたのです。ずいぶんと面白い子がいるなぁと目をつけたのが、この清水監督だったのでした。

「実は今、小柄で明るくて利発そうな子を探しているんだ。出てみるかい？」

「出るって、なににですか？」

「僕が撮る映画だよ。『村の牧場』と言うんだ。

君は正直あまり美人じゃないが、

可憐なところがあるから役にピッタリだと思う」

「わたし……美人じゃないですよね？」

「はっはは、心配いらない。演技がうまくなったら美人に見えるんだから」

「そ、そうなんですね？　はい。わたし、演技がうまくなるように頑張ります」

「お〜、その意気だ」


さて、そうこうするうち関東大震災により封鎖されていた蒲田撮影所がようやく映画制作を再開。これに伴ない清水監督も蒲田に戻り、絹代もそれに従ったのでありました。ところが、蒲田撮影所では所長の厳しいオーディションが待ち受けていたのです。


「失礼いたします」

と所長室に入ると、所長の城戸四郎（きどしろう）がどっかと机に座っている。

「はじめまして、田中絹代でございます」

所長は絹代を足の先から頭のてっぺんまでゆっくり見ると
「君はいくつだね？」

「16です」

「う〜ん、可愛らしいがまだ若すぎるな。あと2〜3年したら大人の役ができるようになるから、それまで我慢してまた来なさい」

絹代は耳を疑いました。


（なに言ってるんだろう？　折角のチャンスをフイにして京都には戻れない。退いてたまるか！）


そう瞬時に思った絹代は、一切身じろぎせず城戸の顔をじっと見つめました。

この気迫に押された城戸所長は、

「はっはっは。分かった分かった。あとでいい返事をあげるから、家に帰って待ってなさい」

「あっ、ありがとうございます」

「田中君、これを持って行きなさい」

「ドロップ……大好きです。ありがとうございました」

この絹代の粘りが功を奏したのか、オーディションにみごと合格！　この蒲田撮影所からスター街道をひた走っていくのでありました。

田中絹代さんの写真を見て頂くとお分かりかと思うのですが、けっして絶世の美女ではございません。しかし嫌みのない愛らしさと、ひたむきな演技が買われ、新進気鋭の監督・清水宏はもとより、五所平之助、島津保次郎、野村浩将、牛原虚彦、そして小津安二郎などの映画に続々出演し、瞬く間に清純派スター女優へと駆け上がっていったのです。

そして絹代21歳の時。「全松竹映画俳優人気投票」では、2341票を獲得し堂々の一位。二位に1000票以上の差をつけての圧勝!! この時、幼い頃からの憧れの大スター・栗島すみ子は828票で3位。絹代は憧れの大先輩をも抜いたのでありました。

こうして松竹のスター女優になりました絹代。実は18歳の時、清水宏監督と結婚していたのです。母親は大反対でしたが、田中絹代という女優を最初に見つけてくれたのが清水監督。好きというより断れなかったと言ったほうが正しいでしょうね。

モノローグ

《今まで芝居しかしてませんから、台所仕事など家庭的なことなんて出来やしません。ある時、非常に悔しいことがあって、『悔しい! そんなこと言うなら、お座敷におしっこしてやる!』って言ったんです。そしたら、『やれるもんならやってみろ』と怒鳴られたんで、本当におしっこをしてやりました。わたしは、まるでじゃじゃ馬のようですよね。

わたしは遅くまで撮影、向こうもそうです。夜遅くに帰ってきて、体を確かめ合う日々。この1年ちょっとの結婚生活が、わたしを女にしたのは確かでございます。そして、この時思いました。わたしは結婚生活に向いていない。もう一生結婚はしまいと。それからはたくさんの男性と恋をしました。浮名を流しました。それらが女としてのわたしに艶を与えてくれたのです》

吹き荒れる逆風

さて、絹代は26歳で松竹の大幹部に昇進。名実ともに大スターとなりました。そして翌年、鎌倉山に念願の絹代御殿を建てたのです。しかし、この御殿を見届けた母は、その2ヵ月後に他界してしまいます。自分を支えてくれた母の死により、失意のどん底に落とされた絹代。それに追い打ちをかけるような、自分の地位を脅かす後輩女優たちの台頭。人気に陰りが見え始め、不安で夜も眠れない日々が続くようになります。

そこに舞い込んできたのが、映画『愛染かつら』での子持ちの役。これが空前の大ヒットで人気を挽回。そして『浪花女』という作品でもって〝清純派スターから演技派女優〟へと脱皮していったのです。この映画を作ったのが鬼才・溝口健二監督。この時、2人は運命の出会いを果たしたのでありました。

ところが、演技派女優としてスターの座を守っていた絹代に大きな事件が起こります。

戦後すぐ「毎日映画コンクール女優演技賞」を2年連続で受賞した絹代は、日米親善大使として美しい着物をまといアメリカへ渡ります。ハリウッドでスターたちと交流を深め、翌年に帰国。この時のいで立ちが渡米時の着物と打って変わって、サングラスに毛皮のハーフコート、アフタヌーンドレスにハイヒール。大々的に銀座でパレードが行われ、参道に詰めかけたファンに「チュッ、チュッ」と投げキッスを送ったのです。これに対しマスコミが一斉に非難を浴びせました。

「アメリカかぶれ！」

「アメション女優！」

アメションとは、アメリカにしょんべんしに行ったくらいしか滞在していないのに、すっかりアメリカに染まって帰って来たという意味らしい。ほんの数年前までアメリカと戦っていたわけで、身内を多く亡くした日本人としては許せないものがあったのでしょう。その心情は分かります。絹代も迂闊だったと言わざるを得ないと思う。この時、相当のバッシングで仕事も激減し、何度も死のうと思ったのだそうな。しかし!! 本当のスターというのはここでめげない!! あきらめない!! 崖っぷちでも踏ん張るのだ!!

世間からのバッシングで人気が下降していたかつての大女優・田中絹代に、これまた古いと言われ低迷を続けていた溝口健二監督が、起死回生の作品として持ち込んだのが映画『西鶴一代女』。

ある日のこと。溝口監督に呼ばれた絹代は、京都の旅館に向かいます。


「よく来てくれました。色々と大変でしたね……」

「ええ……」

「絹代さん、あなたはもう若くない。しかし、うんと美しく撮ってあげます。

田中絹代はこんなにも美しいのかと。それは若さではない、あなたが持っている真の美しさです」

「先生、ありがとうございます」

絹代は涙で濡れる頬を両手で覆ったのでした。

「しかし演技の注文は今まで以上に言いますよ。この『西鶴一代女』は井原西鶴の『好色一代女』
から題材をとったものです。あなたが演じる主人公のお春が、宮中での暮らしから身を持ち崩し
物乞い・遊女へと身を落としていくというお話です。西鶴は売春婦は元々好色の血が流れている
女たちが選んだ職業という概念で書いていますが、そうは描きたくないんです。僕は惨めな境遇
に追い込まれ、人から卑しめられる女たちの中に、その不幸な人生に立ち向かう凄まじい純粋
な精神を見るのです。けがれた衣服の下にある聖なるものを引き出したい。この作品で、より人
間の真実に近づくことができると思っています。それを演じることができるのは……あなた、田

中絹代だけなのですよ」

この言葉を聞いた絹代の体に、電流のようなものが流れました。

(先生のそれほどまでの覚悟。わたしもこの作品で先生と心中しよう)

そう心に誓ったのでした。


さあ、いよいよ『西鶴一代女』の撮影が始まります。役者の演技に妥協しないことで有名な溝口監督ですが、今まで以上のしつこさを見せたのです。お春役の絹代と青侍役の三船敏郎との、事の発端となる濡れ場のシーン。しかし何度やってもうまくいかない。


「絹代さん違います。もう一度。それでいいんですか? 心が反射していますか? 心、心です。心を分析してください。もう一度。絹代さん、気持ちだけじゃダメなんだ。芝居は体全体でやるんです。もう一度!!」

「先生、どうしたらいいんですか? 教えてください」

「あなたは役者でしょ? それでお金を頂いてるんでしょ? 役者なら自分で考えなさい」

京都のうだるような暑さの中、監督と役者のまさに死闘が続いたのです。

「絹代さん、熱いものがググっと入っていくんです。そんなままごとみたいなことじゃ、女と男の関係は出せません。本当の気分を出してください！　違います！　もう一度、絹代さん熱いものが入ってくるんですよ！　ググっと！」

絹代の心は勇み立ちました。

（先生は裸のわたしを見せろと言ってるんだわ。今こそ裸のわたしを。この老醜（ろうしゅう）をすべてさらけ出してやろう!!）

絹代は心の中で叫んだのでした。

「先生、どうかこの……この老醜を映してください!!」

真の女優へ

こうして死闘を乗り越え出来あがった映画『西鶴一代女』。ヴェネツィア国際映画祭に出品され、作品はもとより、絹代の演技も絶賛され国際賞を受賞。監督『ミゾグチ』の名が世界で知られるようになったのであります。こうして『西鶴一代女』によって、溝口健二と田中絹代は起死回生の復活を遂げたのでありました。

ある日のこと。絹代のもとに溝口監督から電話が掛かってくる。

「溝口です」

「先生おめでとうございます。わたしも本当にうれしゅうございます」

「絹代さんありがとう。君がよくやってくれたおかげだ」

「そんな、本当におめでとうございます。

先生、お祝いに袋叩きにあった時のあれを差し上げますわ」

と言うと、受話器に向かってチュッとキスをしたのでありました。

「それでは先生、ごめんあそばせ」

溝口監督は、しばらくその受話器を握りしめていたのでありました。

このあと、2人は『雨月物語』に取りかかります。田中絹代と京マチ子という新旧大女優の共演です。マチ子は絹代より15歳も若い、肉感的な若手美人スターです。

これに絹代の付き人が、

「京マチ子は美しい役で、おやじさん（絹代）が演じるのは、みじめにやつれ果てた女の役だ。

これはおやじさんにとっては不利だな」

「それを不利にしないのがわたしの腕の見せ所だよ。若い人と艶を競おうとは思わない。溝口先生もそれを承知の上で役をくださったのよ。命をかけるしかないじゃないか」

こうして溝口のギリギリを攻めてくる演出に、役者陣も応え上々の出来ばえ。前作に続いてヴェネツィア国際映画祭に出品する運びとなったのです。監督の溝口健二、出演した田中絹代、他スタッフが大挙してイタリアへ乗り込みました。『雨月物語』のライバル作品と言われたのが、あのオードリー・ヘプバーンの代表作となる『ローマの休日』だったのであります。

夕食が終わり部屋でくつろいでいた絹代のもとに、溝口監督から電話が掛かってきた。

「なにしてますか?」

「ブランデーをいただいています」

「僕の部屋で一緒にやりませんか」

「あっはい、すぐに参りますわ」

絹代は化粧を直し、隣の溝口の部屋へ向かいました。

「どうも落ち着かないんです」

「賞のことでございますか？　先生、大丈夫ですわ」

「あの『ローマの休日』、すこぶる前評判がいいらしい。監督のウィリアム・ワイラーは自信たっぷりだそうだ。あいつに持っていかれるかもしれん」

「先生、少し気分を変えてお飲みになりませんか？　ね？」

「ああ、そうだね。絹代さんも飲みなさい」

なみなみとグラスについだブランデーを、2人は一気に飲み干しました。絹代はにわかに酔いが回り、思わずフラッとよろけたのです。とその時、溝口の手が優しく抱え、

「絹代さん、今夜はここに泊まってください」

「…はい……」


いよいよ『雨月物語』の上映が始まりました。上映中に2度も拍手が起こり、終映後にも割れんばかりの拍手が沸き起こって、しばらく鳴り止まなかったのでありました。そして結果はあの『ローマの休日』を破り銀獅子賞を受賞。その夜、一行はシャンパンで祝杯をあげたのでした。ヴェネツィアから帰国すると、溝口健二監督と田中絹代が結婚すると噂されており、記者たちから「いつ結婚するのか？」「いつ結納するのか？」と騒ぎ立てられました。

モノローグ

《実はこの時、溝口先生からプロポーズされていました。しかし先生には精神を病んで入院している奥様がおりましたので、わたしはお断りしました。溝口監督とわたしにしか分からない、2人だからこそ通じ合えるものがあります。2人だからこそ成し遂げられるものがありました。でも、わたしは女優なんです。監督と女優は獅子と獅子です。わたしは溝口監督をお慕いする一介の女優である道を選んだのです》

その後、絹代に監督の話が舞い込んでくる。溝口監督はこれに反対。

「絹代の頭で監督は無理です」と言い放った。

この言葉をキッカケに、2人は疎遠になっていったのでありました。

その数年後、映画撮影をしていた絹代のもとに「溝口監督危篤」という知らせが入った。

プロデューサーが絹代のところにやって来て、

「田中さん、この撮影はいいですから見舞いに行ってあげてください」

「いいえ、撮影を続けてください」

「見舞いに行かなくていいんですか?」

「役者は親の死に目に会えないことなど覚悟の上です。それに、わたしがお仕事を蹴って行ったとしても、溝口先生はお喜びになりません。ですから続けてください」

「分かりました」

何事もなかったかのように撮影は続けられ、その翌々日、溝口健二監督はこの世を去ったのでありました。溝口監督に見せるために演技をしてきた絹代は、心にポッカリと穴が開いたような思いになりました。

「絹代さん、違います。心が反射していますか？　心でやってください。違います。芝居は心だけじゃない、体全体でやるんです。あなたはそれでも役者ですか？　もう一度!!」

先生のあの叱咤が、もう聞けないのです。

「わたしの仕事を本当に見てくれる人は、もういないのだ」

田中絹代は40代後半を迎え、主役から脇役、フケ役へと変わっていきます。そして昭和33年の映画『楢山節考』では、老婆役をより老婆らしく見せるため、健康な歯を抜いて挑むという凄まじいほどの役者魂を見せます。

また昭和49年の映画『サンダカン八番娼館　望郷』では、貧しさゆえ外国に売られた年老いた元遊女を熱演。自らの老いを、老醜を武器に演じ、観る者の心を圧倒。国内の映画賞を総なめにし、さらにはベルリン国際映画祭において銀熊賞（女優賞）を獲得したのでした。

この時、絹代はインタビューで、

「これでやっと天国の溝口監督におみやげが出来ました」と語ったそうでございます。

日本映画の黎明期から昭和にかけ、清純派スターから演技派女優、果ては老いをも武器にする〝映画と結婚した女優〟田中絹代の一席でございました。あっぱれ絹代!!

番外編

ココ・シャネル

生年－明治16年（1883年）
没年－昭和46年（1971年）

世界有数のファッションブランド「シャネル」の創設者。厳しい幼少期を過ごすも、数々の出会いや恋愛を経て自立していく。その成長の陰には辛い別れがあった――

成功への憧れ

『女と男の恋する日本史講談』なのに、なぜ外国人が？――とお思いでしょう。シャネルは世界的ファッションブランドなので皆さんもご存じかと思いますが、創始者のココ・シャネルについて知らない方は多いかと思います。彼女は前述した川上貞奴、樋口一葉より10歳ほど若いだけで、ほぼ同じ時代を生きていました。明治期の日本同様、当時先進国だったフランスであっても、女性が社会に出て自立するのはとても困難でした。

そんな環境の中、シャネルは自ら翼を生やし、自分らしく恋をし仕事をし、風あり雨あり嵐あり、時には雷ありの世の中を悠々と羽ばたいたのでした。わたしはそんなココ・シャネルが本当に好きなんです！　尊敬しているんです！　そんな彼女の人生・生き様を1人でも多くの方に知ってもらいたいと思い、番外編として書かせていただきました。

「はじめまして、ココ・シャネルです。本名はガブリエル・ボヌール・シャネル。今日は講談師の神田蘭ちゃんが、わたしの人生を講談にしてくれるそうで楽しみね～。昔から『政治家は平気で嘘をつき、落語家は歯の浮くような嘘をつき、講談師見てきたような嘘をつき』と言うから、どれだけ嘘を語ってくれるのかしらねぇ。蘭ちゃんらしい華麗な嘘をお願いしたいわ。ファッション界において新しいスタイルを創り上げた人間として、これからも講談を創り続けていく彼女にこの言葉を送るわ」

『かけがえのない人間になりたいのなら、人と同じことをしてちゃだめよ。創り続けて』

世界最高峰のファッションブランド「シャネル」。その創設者であるココ・シャネルは、1883年（明治16年）、フランスのソミュールという小さな町で生まれました。

18歳になったシャネルは、2歳年上の叔母・アドリエンヌを頼り、フランス中央部にあるムーランという街にやってきました。そこで洋品店のお針子として働き始めたのです。裁縫の上手なシャネルはお店から重宝がられましたが、

（は〜〜〜、このまま一生お針子で終わるのかしら？　こんなの何年やってもお金持ちになれやしない。やだ、なんとかここから抜け出したい）

そう野心を抱きながら、日々を送っていました。

そんなある日のこと。アドリエンヌが、

「ねぇ、ガブリエル。将校たちに飲みに行こうって誘われたの。一緒に行きましょう？」

「えっ、わたしも？」

「そう、2対2のダブルデートよ。彼らは第十連隊なのよ。第十連隊は家柄もよし、容姿もよし、とにかく選ばれた人しか入れない。うふ、どうしよう。結婚を申し込まれたら」

「アドリエンヌ、なに言ってんのよ。貴族がお針子なんて本気で相手にするわけないじゃない」

「そうかしら？　人生どこに出会いがあるなんて分からないわ。さあ行きましょう」

とアドリエンヌに手を引かれ、待ち合わせのカフェへ。


「ピエールお待たせ。こちらの方は？」

「はじめまして、エティエンヌ・バルサンです」

「わたしはアドリエンヌ。この子は2つ違いの姪、ガブリエルよ」

「ガブリエルか！　天使の名前だね」

「えっ？　えーと……」

「さっ、今日は楽しく飲み明かそうぜ!!」

「あら、そう。じゃ遠慮なく頂くわ」

「おお〜ガブリエル、飲みっぷりがいいね。これが本当のガブ飲みだ!!」

「でも、わたしを酔わせてどうしようっていうの？」

「ガブリエルと飲み明かしたあとは、俺が君にガブリ、、、寄りだ」

なんてことを言いながら楽しく飲みふけっていた時です。フランスのカフェは、お酒はもちろんのことショーも行っているのですが、なにやら急遽専属の歌手が出られなくなったと大騒ぎ。マスターは代わりの歌手がいないかと大慌て。その時、目にとまったのが飲みっぷりのいいシャネルの姿。

「もう誰でもいい！　そこの君、そこの君だ!!　代わりに2～3曲歌ってくれないか？　今日の飲み代はタダにするから頼む!!」

と強引にステージの上にあげられます。

すると客席から、

「いいぞ、ガブリエル!!」

「待ってました！」

「たっぷり！」

「大統領！」って寄席じゃないっていうの。

（しょうがないわね。こうなったら度胸を決めて歌うしかないわ）

この空気の流れに押し切られ仕方なく歌い始めます。この時歌ったのが『ココリコ』と『トロカデロでココを見たのは誰？』。これらを歌ったことで、のちに愛称が『ココ』になったのでした。

ピアノ伴奏が始まりますと、物怖じすることなく堂々と歌い上げたシャネル。

「オイオイ、いきなりステージに上がって歌いきるとは大したもんだよ。

あの図太さは神田蘭かってな感じかな」

「いよっ日本一！　いやフランス一！　いやココだからココイチ!!」

場内割れんばかりの拍手。

（みんながわたしに拍手を送ってくれる。そうよ、わたしが求めていたのはこれよ！）

シャネルの決意

こうしてしばらくお針子をしながら、夜はカフェで歌手として働き出したのです。そうこうするうち、大歌手になる夢を抱き始めたシャネル。

「ねぇ、アドリエンヌ。わたしもっと大きい街に行って大歌手になりたい」

「ココ、本気なの？」

「ええ本気よ」

「やめなさい。いいこと？　女の幸せは、いい人を見つけて結婚することなのよ」

「結婚!?　結婚すれば幸せになるとは限らないわ。わたしは成功したいのよ」

なぜシャネルがこうまで強烈にそのような野心を抱くようになったのか、それはシャネルが11歳の時のこと。母のジャンヌが病で亡くなり、行商人をしていた父のアルベールは、子どもたちを修道院が営む孤児院へと入所させたのです。

「じゃあシスターの言うことを聞いて、いい子にしているんだよ。ガブリエル、分かったね?」

「ねぇパパ、日曜日には必ず会いに来てくれるんでしょ?　ねぇそうでしょう!?　ねぇパパ?」

「もちろんだ。近いうちにお前たちを迎えに来るから、じゃあな」

父は優しくほほ笑むと、馬車に乗って颯爽と立ち去って行きました。この孤児院は寄宿舎も併設していて、寄宿舎には上流階級の子どもたちが入所していたのです。もちろん孤児院と寄宿舎では制服も違えば教育も違う。寄宿生には勉強、孤児たちには裁縫を教えていました。

ある日のこと。シャネルがチクチク針仕事をしていると、寄宿生が寄ってきて、

「ねぇ。このブレザーのボタンが取れちゃったんだけど、つけてくれない?

あなたうまいんでしょう?」

「えっ?　そんなの自分でつけなさい」

「なにその言い方?　生意気ね!　親に捨てられた孤児のくせに」

「孤児じゃないや！　わたしのパパは仕事でアメリカに行ってるの。すぐに迎えに来るわ！」
「ふふふ、ここにいる子はみんなそう言うのよ。
おかわいそうに。きっと来ないわ。あなたは捨てられたのよ」
「違う!!　わたしは捨てられてなんかいない!!」

シャネルは日曜日に父親が迎えに来てくれると信じておりましたが、父親が姿を現すことは二度とありませんでした。

（きっといつか成功して、特別な人間になって、あの人たちを見返してやるんだから!!　わたしにはお金も身分もなにも無い。そう、翼が無い。無ければ自分で生やせばいいのよ!!）

と、大歌手になる夢を描き、ムーランよりも大きな街・ヴィシーへと向かったのであります。

ムーランでは通用したシャネルの歌も、都会のヴィシーでは通用しなかった。カフェのオーディションにはことごとく落ちまくり、居場所がなくなり、とうとう一文無しに。こうして翼をもぎ取られたシャネルは、ムーランで付き合っていた将校のエティエンヌ・バルサンの屋敷へと転がり込んだのです。言わば囲われ者、愛人といったところでしょうか。バルサンの屋敷に集まる人々は、貴族や有名人といった上流階級の人たちばかり。お手伝いさんがたくさんいてやることがないシャネルは、乗馬を習い始めます。勝ち気なシャネルは乗馬の稽古に夢中になりましたが、1つ難点がありました。

当時の貴婦人は、くるぶしまである長いスカートに、飾りがたっぷり付いた大きな帽子。コルセットでお腹を締め付け、まるで人形のような格好。ですから馬に乗るときは横座りしていたのです。

「こんな格好で乗るなんてあり得ない。男性のようにまたがって馬に乗りたい」

そう思ったシャネルは、なんと男物のシャツをリメイク。それに蝶ネクタイ、そしてズボンを作ったのです！　この当時、女性がズボンを穿くことなんてあり得なかった。そして男性が被るカンカン帽子。その格好で馬にまたがったシャネル。

「この格好・スタイルなら、どこまでも走れるわ。どこまでも、遠くへ、遠くへ――」

この屋敷では何不自由なく暮らしていたシャネルですが、鬱屈（うっくつ）したものを抱えていたのです。貴族や上流階級だけが集まるパーティーやイベントには、連れて行ってもらえなかった。そこでシャネルは持て余した時間を利用し、というか暇つぶしで帽子を作るようになったのです。色んなデザインのものをいくつも、いくつも。

大きな転機

そんなある日のことでございます。

「今日の帽子のデザインはいいわねえ。我ながら気に入ったわ」

と、窓際に帽子を置いたところ、開け放してある窓から一陣の風が吹いてきて、あっという間もなく窓の外へ。帽子がヒラヒラと風に舞うと、1人の紳士の足元へ落ちたのでございます。

「あ、すいませ〜ん!!」

「この帽子、あなたの?」

「はい。すいませんけど、こちらまで持ってきていただけます?」

「いいとも」

この紳士こそ、バルサンの友人で乗馬仲間だったアーサー・カペル。まさにシャネルの運命の人だったのです。

「ご親切にありがとうございます」

「いや、お安い御用ですよ。僕はアーサー・カペル。みんな僕のことをボーイって呼んでる」

「わたしはガブリエル・シャネル。みんなココって呼ぶわ」

「ココか。幸せを呼ぶ名前だね。ここに幸ありなんてね」

「意外にオヤジギャグを飛ばしますわね」


「それにしてもこの帽子、面白いデザインだね」

「わたしがデザインしたんですよ。ほかにもたくさん」

「へえ、これは花の刺繍があるけど、なんの花？」

「ボケの花よ」

「ボケ？」

「そう。お年寄り用に作ったの。ボケ帽子ってね」

「なかなかセンスいいねえ。君はこの帽子のデザインで世に出るべきだよ」

「え～!?　でも、成功するかしら？」

「大丈夫。大志を持たないといけないよ。あのクラーク博士も言っている。ボウシス・ビー・アンビシャスって」

「……」

シャネルの奇抜極まりないスタイルが思わぬ反響を呼び、流行に敏感な上流階級の婦人たちから帽子の注文が殺到。そこでバルサン援助のもと、アトリエを構えることになりました。

(今のわたしはアトリエで帽子を作っている。でも、バルサンの愛人以外の何者でもない。囲われ者じゃ孤児の頃と同じだわ。自分の力でバルサンや、わたしに帽子を注文する貴婦人と同じ所まで登ってみたい!!)

そう思ったシャネルはバルサンに、

「ねぇ、バルサン。アトリエだけでなく、帽子を売るお店を持ちたいの。開店資金を出してくれないかしら?」

「ココ、なぜ君は働こうとするんだ? 僕のそばにいれば、そんなことをする必要ないじゃないか。僕は女性が働くのに反対だ。お金は出さないよ!!」とピシャリ。

こうしてシャネルはバルサンからの自立を決意。でも彼女にお店を出すお金はございません。その時、手を差し伸べてくれたのが、バルサンに囲われながらも密かに想い合っていたアーサー・カペルだったのです。

「ココ、僕がお金を出そう」

「本当に？」

「ああ、でも誤解しないでくれ。ただお金を君にあげるんじゃない。ビジネスとして君の才能に出資するんだ。だからお店が成功したらお金を返してもらう」

「もちろんよ！　借りたぶんどころか利子をつけてお返しするわ」

「うん。実は僕も貴族の出ではない。仕事で成功することでこの地位を得た、いわゆる成り上がりだ。僕は信じてるよ、君もきっとできるって！」

「ボーイ、わたしやってみるわ。必ず成功させてみせる！」


こうしてカペルの出資のもと、パリのカンボン通り21番地に帽子店「シャネル・モード」を開いたのでした。この時、シャネル27歳。カペルはシャネルのビジネスパートナーとなりました。いやそれだけでなく、父であり、兄であり、人生の師でもありました。教養のないシャネルにビジネスのほか文学、哲学、芸術……と、様々なものを教えていったのです。


カペルがシャネルに送ったノートの冒頭には、こう記されています。

『孤独を恐れていながら人付き合いを嫌う、君の孤独を癒すために書きました』

まさにカペルはシャネルの真のパートナー、かけがえのない人になったのでした。こうして2人の蜜月が続き、フランス北部にありますリゾート地・ドーヴィルに2号店を開くことになったのです。


「ココ、ドーヴィルの店では帽子だけでなく洋服も売ろう!!」

「ボーイ、それ本気なの？」

「あぁ、本気だとも。君が作る帽子に相応しい、似合う服を作って売るんだよ。君が前から言っていた、コルセットを外したくなるような自由な服を」

「自由な服……」


こうして製作に取り掛かったシャネルは、シンプルな帽子に加え、ウエストを絞らないスカートや開襟シャツ風のブラウスをデザインし店頭に並べたのです。どれも今まで見たことがないようなものばかり。この服が売れるか心配でしたが――これが大当たり!!　開放的なリゾート地・ドーヴィルでは、このような着心地の良い服が人気を集めたのでした。なんと、あの大富豪・ロスチャイルド男爵夫人までもが、シャネルの服を求めたのです！　それはまさに、この事業の成功を意味していました。

真実の愛

そうこうするうち1914年、第一次世界大戦が勃発。パリにドイツ軍が侵攻して来たため、大勢の金持ちがドーヴィルに逃げて来たのです。このビジネスチャンスをシャネルは逃しませんでした。しかし、戦争のため物資が不足。シルクなんて素材は入ってきません。そこで彼女が目を付けたのがジャージー素材（ニット生地）。

「これで服を作ったら面白いかも」

戦争で男たちは不在。女性が自ら働かなくてはならなくなり、動きやすい洋服が求められていたのです。するとこのジャージー製の服がマダムたちの心を捉え大評判!! これが後押しとなりフランス南西部のビアリッツという街にオートクチュールの店をオープン。この人気の波はとどまる所を知らず、大西洋を越えアメリカにまで広がっていったのです!!

アメリカ屈指のファッション誌・ハーパーズバザーが『シャネルを1着も持っていない女性は流行遅れ』と書き記します。もちろんフランスの雑誌も大々的に取り上げた。まさにシャネルは、ファッション界の寵児として世界に躍り出たのです!!

この頃にはなんと、従業員が３００人を超すほどになっていたというんですから、たいしたものでございます。こうしてシャネルが順調なキャリアを築く一方で、カペルとの関係には翳りが差してきました。


シャネルが心から愛した男・カペルが、イギリス貴族の娘と婚約したのです。

「成り上がりの僕には貴族という階級がどうしても必要なんだ。君なら分かってくれるだろ？」

「……ええ」

「僕は君にビジネスというオモチャを与えたつもりが、ビジネスという恋人を与えてしまっていたようだ……」

「あなたもバルサンと同じく、わたしを可哀想なスズメと思っていたのね。でもわたしはスズメどころか野獣だった」

「ココ、分かってくれ。本当に心から愛しているのは君だけだ。それだけは分かってくれ」

「ボーイ、幸せを祈っているわ」

シャネルはカペルに優しくほほ笑みかけ、その場から静かに立ち去りました。

（あの時、パパもそうだった。しょせん男は去って行くもの。

でもわたしは人生から自分を守る術を学んだの。恋の終わりは自分から立ち去ることを）

こうしてイギリス貴族と結婚したカペルでしたが、しょせんは政略結婚。その娘とうまくいくはずもなく、離れれば離れるほどシャネルへの想いは募るばかりでありました。一方のシャネルも同じでした。心から愛したカペルを忘れることなど、できなかったのであります。

その翌年のクリスマスのこと。シャネルとよりを戻そうと車を走らせるカペル。一方、シャネルは部屋にツリーや花を飾り、料理を並べてカペルが来るのを今か今かと待ちわびていました。

その時、激しく電話が鳴ったのです。

「はい。もしもし……なっ、なんですって⁉　自動車事故で……死、死んだ？」

すぐさま車を走らせましたが入棺に間に合わなかったシャネルは、カペルが最期を迎えた事故現場へ。カペルの車はグシャグシャになり、道端に片付けられていました。

シャネルは車に近づき手を置くと、

「ボーイ、わたしのボーイ」

その場で人目もはばからず号泣したそうです。

このあとシャネルは悲しみを封じ込めるかのように、ひたすら仕事に打ち込みます。そこで生まれたのが、あの有名な香水『シャネル№5』。さらにブラックドレス、パンツスタイル、ショルダーバッグ、そしてシャネルスーツ……。カペルの死後、作曲家のストラヴィンスキーや多くの著名人と浮名を流しましたが、シャネルが結婚することは一度もございませんでした。

モノローグ
《わたしが人生で本当に愛したのは、アーサー・カペルだけだった。彼との出会いが無ければ、今のわたしは無かったわ。侯爵夫人はこの世にたくさんいるけれど、ココ・シャネルはわたし1人だけ。わたしの人生は楽しいものではなかった。だからわたしは自分の人生を創造したの。そうよ。空を羽ばたく翼が無ければ、自分で翼を生やし羽ばたけばいいのよ》

まだまだ女性の社会進出が少なかった時代。父親や夫といった後ろ盾もない中、自らの才能・才覚、そして自分を信じる強い意志でこの世を羽ばたいたココ・シャネル。自らの仕事を愛し、その仕事と、結婚したのかもしれません。フランスが生んだ世界的女流デザイナーの一席でした。

おわりに

最後までお読みいただきまして、本当にありがとうございました。

かつて、前作『恋する日本史講談』を読んでくださったファンの方から「いや〜蘭ちゃんの本はお粥みたいでいいよね」と言われました。

「どういう意味ですか？」と尋ねたところ、

「お粥ってサラサラ食べられるじゃん。つまりお粥と一緒でサラサラ読めるってことよ」

「あっあ、ありがとうございます（これは褒められてないような……）」

「偉い先生が書く歴史の本ってさ、小難しくて疲れちゃうんだよね。その点、蘭ちゃんの本は胃もたれしなくていいのよ」「あっああ、それはよかったです……」

こんなやり取りをして、悶々とした思い出があります。

今回はお粥から、もう少し歯ごたえがあるリゾットぐらいになっていたらいいなと思っております。

飛鳥時代から明治・昭和にかけて自分らしく恋をし、自分らしく生きた女性を書かせていただきましたが、様々な資料を調べ実像に迫っていくうちに、彼女たちの声がふと聞こえてくる瞬間があるんです（まあ、思い込みでしょうけど）。たとえば愛姫が政宗に対して思う（やんちゃで、見栄っ張りで……それでも天下一のいい男……）とか。
「講談師、見てきたような嘘をつくとは言うけれど、みごとに嘘を言ってくれてるわね〜」なんて、天国の彼女たちが話しているかもしれませんね。

人に恋をし、もがき苦しんで、それでも諦めずに自分の人生を生き抜いたヒロインたち。この本をキッカケとして、彼女たちの人生に少しでも興味を持ってもらえたら嬉しいです。彼女たちのように与えられた〝生〟を全うしたいと思う、今日この頃です。

最後に、この本の出版にあたりご尽力くださいました全ての皆さまに、心より感謝申し上げます。そして帯を書いてくださった六代目・神田伯山先生には、心よりお礼を申し上げます。

２０２１年7月

神田蘭

装丁・本文デザイン　ISSHIKI(齋藤友貴)
イラスト　加藤木麻莉
ちぎり絵　岡部房子
編　集　五十嵐文彦
企画・進行　伊藤隆弘

女と男の恋する日本史講談

2021年8月25日　初版第1刷発行

著　者　神田蘭
発行者　廣瀬和二
発行所　辰巳出版株式会社
〒160-0022
東京都新宿区新宿2丁目15番14号 辰巳ビル
TEL　03-5360-8094(編集部)
03-5360-8064(販売部)
FAX　03-5360-8951(販売部)
URL　http://www.TG-NET.co.jp
印刷・製本　中央精版印刷株式会社

内容に関するお問い合わせは、メール(info@TG-NET.co.jp)にて承ります。本書の無断複製(コピー)は、著作権上での例外を除き、著作権侵害になります。万一にも落丁、乱丁のある場合は、送料小社負担にてお取り替えいたします。小社販売部までご連絡下さい。

©Ran Kanda 2021 Printed in Japan
ISBN978-4-7778-2776-3　C0095
JASRAC 出 2106343-101